SOMMAIRE

Brins d'éternité est une revue francophone consacrée aux littératures de l'imaginaire : science-fiction, fantastique et fantasy, qui a pour objectif d'offrir une plate-forme de publication aux auteurices canadien.nes et étranger.ères francophones aguerri.es autant qu'aux débutant.es.

Brins d'éternité rémunère ses illustrateurices et auteurices de fiction. Pour plus d'information sur nos tarifs, écrivez-nous à l'adresse courriel de la rédaction.

Pour nous écrire : brinsdeternite@flamearrowpublishing.com

ENVIE DE VOUS ABONNER ?

Prix unitaire : 15,95 $
Abonnement 1 an (4 numéros) : 55 $
2 ans (8 numéros) : 95$

Rendez-vous sur notre site : revue-brinsdeternite.com/

L'ÉQUIPE

Éditeur & Team Manager : Dave Dufour
Directrice artistique/graphiste : Ericka Sezille
Direction littéraire : Sabrina Raymond, Joséane Toulouse, Dave Dufour, Frédérick Boulay
Révision linguistique : Sabrina Raymond, Kim Archambault
Correction des épreuves : Dave Dufour, Sabrina Raymond, Ericka Sezille
Comité de lecture : Marie Pelletier
Contrôle de la qualité : Sabrina Raymond
Responsable des communications : Dave Dufour
Marketing : Catherine Parke
Logo : Yves Narbonne

Dépôt légal — Bibliothèque nationale du Québec, 2024

Dépôt légal — Bibliothèque et Archives Canada, 2024

Date d'impression : Septembre 2024
ISSN : 977-1710-095-006:63 (Imprimé)
977-1710-095-016:63 (Numérique)

ÉDITORIAL

La fin de l'année 2024 est à nos portes et nous nous réjouissons de voir l'évolution de *Brins d'éternité* depuis son acquisition par les Éditions Flame Arrow. En effet, près d'une vingtaine de collaborateurices ont mis la main à la pâte, sans compter nos extraordinaires auteurices et chroniqueur.euses de tous azimuts qui ont brillé dans les trois numéros (61-62-63) qui ont paru cette année.

Nous avons aussi eu la chance de reconnecter avec vous, chère communauté de lecteurices et auteurices, que ce soit à la Librairie Saga, au Congrès Boréal ou au Salon du livre de Montréal. Merci à nos partenaires de la Librairie Saga et de Joie de livres, une nouvelle librairie spécialisée en littératures de l'imaginaire qui nous promet un dynamisme renouvelé dans notre communauté.

Sans plus tarder, voici les nouvelles à l'honneur pour ce numéro de fin d'année :

« Mon Vieux, Le Vert et moi » de Christelle Delsaut dans un monde où les liens entre humains et animaux sont bien particuliers…

« J'aurais dû écouter ma mère » de Thomas Rousseau, une nouvelle humoristique où une société hybride dysfonctionnelle nous rappelle Kafka, Malaussène et Astérix.

« Le carrousel des rêves » d'Alexia Pineau, une histoire poétique et touchante qui vous laissera rêver.

« Autrefois, ici, des arbres poussaient » d'Emmanuel Delporte, qui propose un futur post-apocalyptique haletant et angoissant.

« Désintégration harmonieuse de la mémoire » d'Anzala Peytoureau, un monde de SF où vous ferez la connaissance des mystérieux San-sans.

Nos chroniqueur.euses vous présentent des textes « cozy » pour en apprendre davantage sur ce sous-genre en pleine effervescence, mais aussi pour garnir votre pile à lire. D'abord, vous passerez un bon moment en compagnie de Célia Chalfoun dans « Une histoire au coin du feu : La floraison de la SFF cozy » et ensuite vous vous plongerez dans la vie de Marie Pelletier grâce à « Une tortue, des éléphants et l'espace », y découvrant l'impact douillet de la littérature fantasy dite « cozy ».

Et bien entendu, nous terminons ce numéro avec nos coups de cœur du moment qui vous sont livrés par nos collaborateurices dévoué.es Marie d'Anjou, Marie Pelletier, Pierre-Denis Noël, Joséane Toulouse et Frédérick Boulay.

Merci à toute notre communauté pour votre précieux soutien ; toute l'équipe vous souhaite une excellente période des Fêtes et un agréable début d'année. Nous serons au rendez-vous pour vous offrir le meilleur des littératures de l'imaginaire en français en 2025. À *très* bientôt !

Dave Dufour
Éditeur chez les Éditions Flame Arrow et la revue *Brins d'éternité*

Toute l'équipe de *Brins
d'éternité* vous souhaite une
agréable lecture !

D'origine Canadienne, **Alexia Pineau** a grandi dans les forêts de Seine et Marne qui ont nourri son imaginaire. Fascinée par les mots et passionnée par les histoires depuis toute petite, elle se met à l'écriture. Elle écrit de la fantasy, moyen pour elle d'explorer des univers imaginaires, de comprendre le monde en prenant du recul et de s'évader du quotidien. *Le carrousel des rêves* est sa première nouvelle.

Le carrousel des rêves

Alexia Pineau

La nuit était noire. Nélia marchait prudemment, une lanterne à la main. Au bout d'un moment, l'épaisse forêt laissa entrevoir le début d'un chemin lumineux et coloré. Elle sourit. Elle avança sur la route de petites pierres qui la guidait. Bientôt, la jeune femme distingua les silhouettes d'autres personnes sur le sentier.

C'était l'odeur qu'elle percevait toujours en premier. Quelque chose de sucré et de floral sans être entêtant; puis après un moment, l'odeur de la terre après la pluie, une odeur fraîche et revigorante qui la réconfortait. Les brumes colorées apparaissaient ensuite. Quand elle fut assez proche, le carrousel se révéla enfin. Vaporeux, il semblait flotter dans l'air. On aurait dit qu'il était formé de pétales de fleur ou de soie ondoyante aux tonalités changeantes. Elle prit place sur son cheval bleu. L'animal était bleu nuit, son harnachement fait d'un tissu doux et doré, sa crinière ondulante, soyeuse comme un nuage tissé d'argent. C'était un cheval plus adapté pour une enfant, mais Nélia n'étant pas bien grande, elle ne paraissait pas ridicule dessus. Elle n'attendit pas longtemps. Le manège s'ébranla. Si lentement d'abord que cela était presque imperceptible. Mais Nélia venait ici depuis toujours et elle avait appris à percevoir les subtilités du carrousel des rêves.

Enfin, il se mit à accélérer, tournant de plus en plus vite. Elle ferma les yeux et se laissa guider vers son rêve. Cette nuit-là, il fut composé de forêts enchantées dont les arbres étaient parsemés d'infimes lumières, de larges papillons luminescents qui volaient en groupe, de fleurs odorantes qui s'entremêlaient au reste de la végétation luxuriante. La nature formait à certains endroits de véritables tunnels, que la lueur de la lune rendait enchanteurs. Ici et là, les troncs se tordaient pour aménager des assises et des alcôves, façonnant le lieu en un confortable cocon. Si elle était attentive, Nélia pouvait voir de petits êtres vivants dans des maisonnettes de bois nichées au creux de la flore.

Lorsqu'elle ouvrit les yeux à l'aube, elle ne se rappela que vaguement son voyage onirique, mais en garda une légèreté et un espoir nouveau dans le cœur. Elle caressa l'encolure de son cheval, une vieille habitude d'enfant qui avait cru que le cheval pourrait s'éveiller, et quitta le carrousel. Nélia marchait tranquillement en sens inverse vers son village, là où l'attendaient la réalité et son quotidien bien rempli.

Ce qu'il advenait du carrousel pendant la journée, personne ne le savait. Il semblait impertinent de rester dans les parages quand le soleil prenait sa place dans le ciel, comme une intrusion. Mais toutes les nuits, quand les âmes en quête de paix, d'espoir et de rêves revenaient, le carrousel était là, prêt à offrir ce dont chacune avait besoin. Le lieu avait un air surréel, comme tiré d'une peinture onirique dont les teintes se fondraient les unes aux autres, dont l'image paraissait recouverte d'un léger voile qui la brouillerait. C'était magnifique. Il faisait toujours bon près du manège. Une brise tiède caressait la peau des voyageurs. Tous entendaient une musique douce, sans paroles, mélodieuse, qui faisait remonter d'heureux souvenirs. C'était une sorte de rêve anticipé, pendant que tous les voyageurs s'installaient. Là, le carrousel commençait à tourner lentement, puis de plus en plus vite. Les voyageurs fermaient les yeux et se laissaient porter vers leur songe.

Le temps d'une nuit, les rêveurs avaient droit à un voyage enchanteur ou à la vision d'un être cher perdu. Le carrousel amenait un peu de paix et d'espoir dans le cœur de chacun. Tout le monde ne venait pas au carrousel. Les gens de son village et des villages alentour en connaissaient l'existence mais plusieurs n'étaient pas intéressés, n'en voyaient pas l'attrait ou avaient un peu peur d'une chose qu'ils ne comprenaient pas. Certains restaient chez eux et rêvaient leurs rêves à eux, ou faisaient des cauchemars. Le carrousel était la certitude d'un sommeil réparateur, d'un rêve doux et enveloppant. Nélia ne saisissait pas pourquoi certains préféraient une nuit dans leur lit sans certitude de ce que le sommeil leur apporterait.

Nélia appréciait la magie du lieu. Elle était venue chaque soir avec ses parents, depuis aussi loin qu'elle s'en souvienne. Et toutes les nuits, le carrousel avait été là pour lui procurer ce dont elle manquait à ce moment-là. Il ne l'avait jamais déçue. Quand la vie vous enlevait des êtres chers, vous rendait malade, quand la solitude, l'épuisement du quotidien et l'abattement prenaient le dessus, le carrousel était comme un pilier sur lequel chacun pouvait compter. Comme une bulle de douceur qui laissait, le temps d'un soir, les tourments quotidiens au loin : les chagrins d'amour, les regrets des mots jamais prononcés, le poids d'une maladie, l'absence d'un proche semblaient s'évaporer dans l'obscurité.

Pourtant, une nuit, tout changea. Elle avait comme toujours suivi le chemin de pierres lumineuses, senti l'aura apaisante du carrousel et avait embarqué sur son habituel cheval bleu. Les respirations et chuchotements des autres rêveurs s'étaient atténués à mesure que le carrousel prenait de la vitesse. Elle avait fermé les yeux, s'abandonnant à la magie du lieu et au rêve qui l'attendait. Rien ne se passa. Les yeux fermés, prête à rêver, Nélia resta dans le noir silencieux un moment. Cela la mit mal à l'aise. Lentement, elle se rendit compte qu'elle était en train de rêver, puisqu'elle n'était plus sur son cheval. Un énorme miroir flottait non loin d'elle. Elle s'en approcha doucement, incertaine. Elle ne comprenait ni où elle était, ni ce qu'il se passait. C'était très différent de ce à quoi elle s'était habituée. Quelque chose bougea dans le miroir. Quelque chose qui n'était pas son reflet. Elle s'arrêta. Se retourna, mais ne vit rien. La surface du miroir se mit à trembler.

Un vent se leva, faisant frissonner Nélia, qui ne portait qu'un léger pyjama noir à pois roses. Il n'y avait toujours aucun bruit. Une forme pointue émergea du miroir. Il lui fallut un moment pour se rendre compte que c'était une main. Ou quelque chose y ressemblant, car les doigts paraissaient s'allonger bien plus qu'il ne fallait et se terminaient en bouts pointus. Nélia recula, inquiète. Elle entendit un ricanement dans son dos, au loin. Elle tourna la tête, mais ne vit rien et se concentra de nouveau sur la forme qui s'extirpait lentement de la glace. La surface du miroir ondulait à la manière de l'eau, formant des bosses et des creux, comme s'il bouillonnait.

Une autre main traversa la surface, puis ce qui avait l'aspect d'une tête. Quand la chose fut entièrement échappée du miroir, Nélia mit une de ses mains devant sa bouche pour étouffer un cri, l'effroi la clouant sur place. La créature qui se dressait face à elle était couverte d'une substance noire, épaisse et luisante. Elle se tenait sur trois longues pattes fines, qui cliquetaient sur le sol quand elle se mouvait. Le bruit était affreux et Nélia en eut des frissons. Les mains de la créature se terminaient en doigts élancés et griffus. Là où auraient dû se trouver des yeux se trouvaient deux grands trous, atroces à regarder. La créature avait la bouche ouverte, révélant d'interminables dents aiguisées. Elle faisait un bruit chitineux en se déplaçant, augmentant la répulsion de Nélia. L'esprit paralysé par la peur, elle ne parvenait pas à faire sens de ce qu'elle voyait. Puis le monstre se mit à avancer vers elle.

Nélia recula. La chose accéléra, ses longues pattes se pliant et se dépliant à une vitesse ahurissante. La jeune femme se retourna et se mit à courir. La créature émit un son atroce. Une sorte de cri de plaisir, annonciateur de la chasse. Un cri inhumain qui fit vibrer le corps de la créature. Nélia hurla et courut plus vite. Mais bientôt, une lueur blanche apparut devant elle. Nélia commit l'erreur de croire qu'elle avait trouvé une porte de sortie à ce cauchemar, mais plus elle approchait, plus elle réalisait que quelque chose n'allait pas. Elle entendait toujours la course et le souffle de la créature derrière elle.

La lueur éclatante se précisa alors. Devant elle se tenait un couple de squelettes à la blancheur terrifiante. Leurs vêtements indiquaient clairement leur statut de nobles, mais ils étaient en lambeaux et laissaient voir leurs os. Ils se tournèrent vers elle. Une sorte de sourire flottait sur ce qui aurait dû être leurs lèvres. Et ce sourire squelettique ne rassura pas Nélia. Au contraire, cela l'angoissait. C'était étrangement inquiétant de voir ces squelettes sourire. Elle ralentit sa course, ressentant une fascination troublante pour ces êtres à l'apparence joviale qui l'horrifiaient. Elle ne semblait pas pouvoir détacher son regard de ces deux êtres toujours immobiles, alors même que la créature n'était plus bien loin. Afin d'échapper à ces trois apparitions qui la terrorisaient, Nélia courut dans une autre direction, trébucha et tomba. La créature fondit sur elle en un rien de temps. Elle entendit un rire et sut qu'il venait des squelettes. Elle sentit les mains de la créature dans son dos. Elle ferma les yeux très fort et hurla, les larmes coulant sur ses joues sans qu'elle s'en aperçoive.

Quand Nélia ouvrit les yeux, le soleil était déjà haut. Elle était allongée sur son cheval bleu. Haletante et trempée de sueur, elle se releva subitement et regarda autour d'elle. Pas de créature monstrueuse ni de squelettes pétrifiants en vue. Elle souffla mais la peur la tenaillait toujours, son cœur battant la chamade. Il ne restait personne sur le carrousel, chacun étant retourné à son quotidien. La jeune femme se leva et regagna le plus rapidement possible son appartement, en empruntant le chemin pavé.

Que s'était-il passé? Le carrousel lui avait-il vraiment donné un cauchemar à la place d'un rêve? Était-elle la seule à qui c'était arrivé? Et pourquoi? Tant de questions se bousculaient dans sa tête.

Elle se prépara et courut pour ne pas être en retard. Arrivée à la bibliothèque où elle travaillait à temps partiel, elle réussit à peine à se concentrer. Toutes les cinq minutes, elle se retournait pour voir s'il n'y avait pas une créature dans son dos. Elle sursautait au moindre bruit : une chaise qui raclait au sol, un collègue qui toussait, un chuchotement. Elle s'entêta deux heures à essayer de travailler. Elle prit ensuite congé pour le reste de la journée et rentra chez elle.

Après avoir vérifié que toutes les portes et fenêtres étaient verrouillées et qu'il n'y avait personne dans son appartement, elle se roula en boule sur le canapé. Emmitouflée dans une couverture, elle passa l'après-midi à regarder des dessins animés. Elle veilla tard dans la nuit, n'osant pas se décider à se rendre au carrousel. Quand enfin elle se persuada d'aller se coucher, elle garda la lumière allumée. Le cauchemar du carrousel la hantait trop pour qu'elle fasse confiance à l'obscurité. Pour la première fois depuis des années, elle ne se rendit pas au carrousel. C'était une sensation bizarre. Elle y allait à la tombée du jour depuis qu'elle était petite. Ne pas y aller lui donnait la sensation de manquer de quelque chose, comme si elle avait laissé une part d'elle-même sur son cheval bleu.

Il lui fallut une longue semaine avant de se résoudre à y retourner, bien décidée à percer le secret du carrousel, de son cauchemar imprévu, et à retrouver des rêves agréables pour y rejoindre ses parents. Effarouchée, elle s'y rendit lentement. Elle avait attendu la fin de la journée, mais n'avait pas patienté jusqu'à ce qu'il fasse nuit pour s'y rendre. Sa lampe à huile bien serrée dans sa main malgré le soleil qui brillait encore, un couteau de cuisine caché dans une large poche de son manteau, Nélia avait rassemblé tout le courage qu'elle avait.

Lorsque Nélia fut devant le manège, elle s'arrêta. Elle passa un moment à l'observer. En fit progressivement le tour. Elle soupira :

rien d'anormal à première vue. La jeune femme resta jusqu'à ce que la nuit tombe et que les gens commencent à monter à bord. Elle regarda le carrousel tourner, d'abord doucement, puis à vive allure. Elle observa les gens pris dans leurs rêves, des sourires béats sur le visage, des larmes de joie sur les joues, des rires. Elle contempla le carrousel sans en faire partie. C'était une expérience étrange, mais elle craignait de retourner sur le manège sans comprendre la cause de son cauchemar. Quelqu'un ou quelque chose devait bien faire tourner le manège. Un bref instant, elle songea que peut-être les créatures qu'elle avait rencontrées l'autre nuit étaient à l'origine du carrousel. Mais elle chassa cette idée. Comment des créatures aussi cauchemardesques pouvaient-elles être l'origine de rêves si merveilleux et enchanteurs? Non, la solution devait se trouver ailleurs. Ne plus profiter des rêves du carrousel était un crève-cœur, mais elle n'était pas prête à risquer les cauchemars en y grimpant.

Un autre soir, après avoir assisté de nouveau au spectacle du carrousel sans y prendre part, elle décida d'attendre le matin. Nélia voulait investiguer quand il n'y aurait personne et le weekend lui semblait la parfaite occasion. Elle attendit patiemment que tous les gens soient partis. Le soleil se levait quand elle se retrouva enfin seule. Elle marchait d'un pas rapide, mais elle ne pouvait s'empêcher de trembler, la mâchoire contractée et le souffle court. Elle était curieuse de découvrir ce qu'il advenait du manège durant le jour. Une question restée sans réponse à cause de la mystique entourant le carrousel. Nélia se rassura en se disant que les créatures cauchemardesques ne sortaient pas en plein jour. Elle n'en était pas sûre, mais elle avait besoin de s'en convaincre pour ne pas fuir et rentrer chez elle bien en sécurité. Elle fit d'abord le tour du manège. Puis elle s'éloigna, faisant des cercles de plus en plus larges autour de ce dernier. Elle cherchait une tente, une maisonnette, une preuve de vie, mais elle ne trouva rien. À deux reprises cette journée-là, elle crut voir le carrousel disparaître une fraction de seconde avant de réapparaître. Elle mit cela sur le compte de la peur, qui lui faisait voir des choses qui n'étaient pas réelles.

Elle y retourna plusieurs fois, quand le soleil était haut dans le ciel. Rien. Ce fut son constat au bout de plusieurs jours. Elle n'avait rien vu.

Nélia commençait à se demander si son cauchemar était réel ou s'il n'était que le fruit de son imagination. Peut-être n'y avait-il rien derrière tout cela. Un peu de fatigue. Ou peut-être n'était-ce qu'une anomalie du carrousel; mais malgré ses doutes, la peur la tenaillait. Une peur dont elle ne parvenait pas à se défaire. Elle n'arrivait pas à retourner s'asseoir sur son cheval bleu quand la nuit tombait. Elle avait essayé, bien sûr, mais elle changeait toujours d'avis avant que le carrousel ne commence à tourner. Elle craignait trop de demeurer enfermée dans un cauchemar à nouveau. Rien que d'y penser, son souffle s'accélérait.

Avec le temps, elle avait réussi à se rassurer pendant la journée. Elle ne sursautait plus au moindre bruit. C'était plus facile d'oublier le cauchemar du carrousel en s'occupant avec du travail, des soirées au bar avec des collègues et des visionnements de films quand elle se retrouvait seule chez elle. Mais dès que la nuit tombait, c'était plus dur de ne pas avoir peur de chaque son et de chaque ombre. Même son reflet dans le miroir la faisait paniquer. Alors elle effectuait ses recherches autour du carrousel quand il faisait jour.

Un matin, toutefois, la jeune femme vit quelque chose bouger non loin du lui. Elle s'approcha sans faire de bruit. Quelqu'un chantonnait une mélodie. Elle ne parvint pas à se rappeler la chanson, car la personne l'entrecoupait de pauses, créant une sonorité chaotique qui ne permettait pas de la reconnaître. Elle s'avança encore jusqu'à ce qu'elle puisse voir cet être tout en restant cachée. C'était un homme dans la soixantaine, chauve et le pas lent, le dos légèrement courbé. Il continuait de marcher et elle le suivit. Elle se rendit compte qu'il faisait le tour du carrousel. Puis il alla vers le manège et sembla l'inspecter. Elle se tenait assez loin pour ne pas se faire repérer, accroupie dans l'herbe haute.

Était-il un simple rêveur, curieux des secrets du carrousel? Avait-il eu un cauchemar comme elle? Ou bien était-il à l'origine du manège? Rien dans l'inspection qu'il avait effectuée ne lui permit de répondre à ces questions.

Le lendemain, elle l'aperçut de nouveau. Il fit exactement la même chose. Il lui fallut trois jours de plus pour s'approcher de lui et l'aborder. Alors qu'elle marchait vers lui, il l'avait aperçue et s'était tourné vers elle. Aucun d'eux ne parla. Il la regarda droit dans les yeux un long moment, regarda autour d'eux, comme pour s'assurer qu'elle était seule, puis reporta son attention sur elle. Il ne dit rien, mais l'observa. Elle soupira intérieurement et essaya de ne pas trop imaginer ce qu'il voyait. Une jeune femme à peine sortie de l'adolescence, dont le visage trahissait la timidité. Elle portait un vieux t-shirt taché et un jean usé. Elle devait avoir l'air négligée. Elle avait noué ses longs cheveux châtains en chignon, mais des mèches s'en échappaient, tels des épis de blé. Elle le laissa l'observer. Cela lui donna l'occasion de le détailler.

Il était plus grand qu'elle, ce qui n'était pas difficile. Chauve et corpulent, il portait bien sa soixantaine et restait bel homme. Il avait le visage sérieux mais détendu et, à ses fossettes, Nélia devinait qu'il avait eu une vie remplie de sourires et de rires. Le vent diffusait son parfum, quelque chose de musqué et boisé. Il était habillé d'une chemise de coton qui n'avait aucun pli et d'un pantalon côtelé, bien trop chaud pour la saison.

— Nélia, dit-il. Tu t'appelles Nélia.

Elle hocha la tête prudemment.

— Je suis Ekan. Tu as eu un cauchemar l'autre jour. Sur ton cheval bleu.

Cette fois, elle recula. Il lui sourit gentiment.

— Ma magie n'est plus ce qu'elle était, mais je suis encore capable de savoir qui vient faire un tour sur le carrousel.

Elle avait soudainement trop de questions à poser et aucun mot pour les formuler.

— Êtes-vous l'un des rêveurs ?

— Ne le sommes-nous pas tous ? En chacun de nous résident des rêves, petits et grands, effrayants et merveilleux. Nous rêvons tous. D'un avenir meilleur, d'accomplissements, de bons moments en compagnie de nos proches. Nous avons tous des aspirations différentes. Mais si tu entends par «rêveur» un régulier du carrousel, alors non, je n'en suis pas un.

— Votre magie, est-ce cela qui anime le carrousel ? C'est ce qui le fait tourner chaque nuit ?

— Ce qu'il m'en reste, oui. C'est moi qui le maintiens visible, le fais tourner et qui permets aux gens de rêver chaque nuit.

Nélia conserva le silence. Se trouver face à l'homme à la source du carrousel des rêves était aussi étrange que fantastique. Elle avait devant ses yeux la réponse à une question qu'elle s'était posée toute sa vie.

— Je serai là demain pour tes autres questions, dit-il en bâillant. Faire tourner le carrousel la nuit m'oblige à dormir la matinée venue, expliqua-t-il avant de s'en aller.

Nélia le revit quelques jours plus tard, une après-midi où elle ne travaillait pas, et l'interrogea à propos de son cauchemar pendant qu'ils marchaient.

— Les cauchemars ne sont pas supposés arriver. Ils sont le reflet de ma magie déclinante, répondit-il en se tournant vers elle. Tu n'es pas la seule à en avoir eu ces derniers temps. Tu n'as juste pas eu de chance. Je suis désolé.

Elle lui demanda pourquoi il avait créé le carrousel. Il soupira.

— Cette discussion nécessite du thé.

Elle le suivit jusque dans une petite cabane reculée, cachée par les arbres à l'orée de la forêt. Il prépara la boisson chaude et ils s'assirent autour de deux tasses fumantes.

— J'ai perdu ma femme il y a plusieurs années maintenant. Inia était ma plus proche amie, l'amour de ma vie, ma confidente et la meilleure partie de moi. Après sa disparition, elle m'a énormément manqué. J'ai rêvé d'elle une fois ou deux. Mais ce n'était pas suffisant. Alors j'ai eu l'idée de créer des illusions pour la voir chaque soir dans mon sommeil. J'avais besoin de la regarder avec son sourire si doux. Elle donne du sens à mes journées, emplit ma vie, apaise mes chagrins. Je ne pouvais pas me résoudre à la laisser partir. Je sais bien qu'elle n'est pas vraiment là, mais son image m'apaise, comme si elle était encore auprès de moi. J'ai besoin de continuer à la garder vivante. Au moins à travers mes illusions. Ce n'est que lorsque j'ai vu un petit garçon pleurer sa mère dans un cimetière que l'envie de partager mon don pour les illusions m'est venue. J'ai créé le carrousel des rêves pour permettre à tous de rêver et, pour ceux qui ont perdu un être cher, de revoir les êtres aimés. Il a fallu du temps pour qu'un marcheur découvre par hasard le carrousel. Le bouche à oreille a fait son travail. Mon carrousel, si petit qu'il semble être, a de la place pour chacun et chacune. Ce carrousel, c'est une de mes illusions les plus réussies. Il a l'air plus vrai que nature.

Il marqua une pause, but deux gorgées de thé et laissa son regard errer au loin un moment, contemplant la lumière déclinante sur les feuilles vertes. Il aimait cet instant où la lumière du soleil peignait le monde en doré.

— Ces dernières années, ma magie me demande tous mes efforts. Je suis de moins en moins capable de créer des illusions de grande ampleur. Et depuis peu, je perds le contrôle, comme tu as pu le constater. C'est ce qui donne les cauchemars. Plus je perds ma magie, moins je suis à même de maintenir l'illusion de ma femme, dit-il, les larmes aux yeux. Je l'ai déjà perdue une fois, je ne peux pas la perdre une deuxième fois…

Nélia détourna le regard, n'ayant pas la force de supporter la douleur de l'homme. Peut-être parce qu'il lui rappelait que son père n'était plus là lui non plus et qu'il lui manquait terriblement. Peut-être parce que cela faisait remonter le souvenir de son père endeuillé, lorsque, des années auparavant, Nélia avait perdu sa mère. Plus intolérable encore que sa propre douleur, elle se souvenait de celle de son père. Nélia se rappelait avoir vu son père pleurer, avoir entendu sa voix, d'habitude si réconfortante et rassurante, se briser. Parce qu'il n'y avait rien à faire dans ces moments. Rien pour apaiser la peine de son père. Rien d'autre à faire que d'être là, de regarder en silence la souffrance, d'aimer en silence et d'offrir le réconfort de ses bras.

Elle n'osa pas enlacer l'homme, de peur qu'il n'apprécie pas le geste venant d'une étrangère. À la place, elle décida de lui poser une main sur l'épaule.

Pendant des mois, Nélia passa ses fins de journée avec ce vieil homme, discutant avec lui, l'écoutant parler de sa femme. Elle amena des photos de ses parents et lui raconta leur vie. Elle lui confia que l'un de ses premiers souvenirs de petite fille était de s'être rendue au carrousel avec ses parents. Son père à sa droite, sa mère à sa gauche, les deux la tenant par sa petite main. Pendant tout ce temps, elle ne retourna pas au carrousel.

Et puis lors d'une fin d'après-midi, après une journée éreintante, elle alla voir Ekan, comme c'était devenu leur habitude. Il lui servit du thé, et elle lui proposa une tranche du gâteau qu'elle avait amené. Ils mangèrent en silence un moment.

— Je vais arrêter le carrousel, affirma-t-il.

Nélia se figea. Il lui sourit.

— J'ai réussi à ne pas créer d'autres cauchemars pour l'instant, mais je me sens faiblir et ma magie en souffre. Je ne sais pas combien de temps je pourrai continuer à maintenir les illusions. Faire vivre le carrousel est devenu trop lourd à porter. J'ai à peine la force de créer mes rêves quand je vais me coucher pour revoir Inia. Je sais que je vais perdre ma femme de nouveau en arrêtant les illusions, mais je ne suis plus capable de continuer.

Il lui laissa digérer la nouvelle.

— Je comprends.

— Tu es triste ? demanda-t-il.

— Oui. Beaucoup de gens le seront. Le carrousel est plein de souvenirs pour moi. J'y viens depuis que je suis petite. Il fait partie de ma vie, en un sens. Et je sais que c'est le cas pour beaucoup. Savoir que le carrousel va disparaître m'attriste. Ça ne sera pas facile, mais je comprends.

— Je le ferai tourner plus tard dans la soirée, si tu souhaites y aller une ultime fois. Je vais puiser dans mes dernières forces. Il n'y aura pas de cauchemar cette fois. Juste un doux rêve enveloppant pour toi.

Nélia avait des larmes plein les yeux. Être capable de voir ses parents en rêve certains soirs, c'était ce qui la menait chaque nuit au carrousel. Il n'y avait plus qu'en songe qu'ils pouvaient la prendre de leurs bras. Ses rêves à elle, quand elle ne venait pas au carrousel, la portaient rarement dans la rassurante étreinte parentale.

— Merci…

Sa voix n'était plus qu'un chuchotement.

Ils finirent leur thé, puis lentement, se dirigèrent vers le carrousel. Il était encore tôt et le lieu était désert.

— Je l'ai imaginé à partir d'un rêve de ma femme, tu sais. Un matin, elle m'a dit qu'elle avait fait un songe merveilleux. Il était question d'un lieu magique, doux, reposant, où chacun pouvait redevenir un enfant, où les vœux de chacun étaient exaucés le temps d'une nuit. Dans ses derniers moments, je l'ai emmenée ici. Elle est partie doucement, en plein rêve.

— C'est très beau.

Nélia se sentait submergée par les émotions, mais elle savait que cela était normal. Son endroit préféré au monde, son refuge, disparaîtrait bientôt. Son dernier lien avec ses parents aussi. En un sens, le carrousel qui disparaissait signait la fin de certains de ses plus merveilleux souvenirs. C'était une page qui se tournait. Nélia avait trouvé un ami qui comprenait le profond désir de revoir les êtres perdus, et cela allégeait son chagrin, et le rendait supportable.

— Le cheval bleu t'attend, dit-il gentiment en lui mettant une main sur l'épaule.

Un sourire enfantin naquit sur les lèvres de Nélia. La voix pleine d'émotion, elle répondit :

— Je n'aurais pas voulu qu'il en soit autrement.

Alors une dernière fois, Nélia s'assit sur son cheval bleu. Une dernière fois, les gens s'amassèrent dans le carrousel. Une dernière fois, elle ferma les yeux, se laissant porter par la musique entraînante et nostalgique et les senteurs de pluie, de sucre et de fleurs qui l'enveloppaient. Une dernière fois, elle s'abandonna au carrousel des rêves.

Cette nuit-là, Ekan guida le sommeil de Nélia vers ses parents. Son rêve fut une suite de souvenirs oubliés, de petits moments du quotidien avec eux. Des après-midis à regarder la télé dans le canapé, collés les uns aux autres. À cuisiner un gâteau au chocolat avec sa mère, s'arrêtant régulièrement pour danser sur de la musique ou goûter à la pâte crue. Les grandes balades en forêt avec son père, à parler de tout et de rien. Les fous rires, si longs qu'aucun d'eux ne se souvenait de ce qui les avait fait rire pour commencer. Son père et sa mère, dansant enlacés, elle qui les regardait, installée sur le canapé. Les grimaces de l'un, le parfum de l'autre. La chaleur et le confort des bras de ses parents. Le cou si doux de sa mère quand elle s'y blottissait. Les cheveux soyeux de son père quand il la juchait sur ses épaules.

Elle aurait voulu que jamais la nuit ne finisse. Mais le rêve prit fin et le carrousel ralentit. Les gens rentrèrent chez eux. Elle resta seule, assise sur son fidèle cheval bleu. Le vieil homme attendait patiemment, non loin. Enfin, Nélia se leva, flatta le cheval. Elle rejoignit le vieil homme, et ils admirèrent le lieu en silence. Ekan lui prit la main, comme pour puiser une force supplémentaire. À travers ses larmes, elle vit la scène de manière brouillée.

Une vieille dame apparut dans le carrousel. Nélia la reconnut grâce aux nombreuses photos qu'elle avait vues dans la chaumière de son nouvel ami. C'était Inia, la femme d'Ekan. Le vieil homme lui fit aussi un cadeau : elle aperçut ses parents, blottis l'un contre l'autre, debout, près de son cheval bleu. Ils lui sourirent. Les larmes de la jeune femme redoublèrent.

Puis le carrousel, Inia et ses parents semblèrent se fondre dans la nuit alors qu'ils s'évaporaient. Une à une, les lumières du carrousel s'éteignirent et, avec elles, les rêves prirent fin.

Tous les genres de l'imaginaire
se donnent rendez-vous dans...

SOLARIS

David CLERSON
Véronique DROUIN
Charles-Étienne FERLAND
Isabelle GAUDET-LABINE
Karoline GEORGES

Christian GUAY-POLIQUIN
Renaud JEAN
J.D. KURTNESS
Ayavi LAKE
André MAROIS

L'Anthologie permanente des littératures de l'imaginaire   234

Abonnez-vous !
www.revue-solaris.com

Biberonnée à la littérature SF, fascinée par les interactions entre les différentes formes du Vivant, par la porosité entre les mondes, mon processus de création est plus sensitif/méditatif que mental. Je crée et anime des ateliers d'écriture sensorielle en lien avec la nature et les arts afin de partager cette approche.

Mon Vieux, Le Vert et moi

Christelle Delsaut

— Tu as besoin d'une petite promenade, hein Mon Vieux ?
Le regard du labrador s'illumine.
— T'inquiète, on va y aller !
— Merci ! Content !
— De rien.
— Prêt ! Prêt !
Sa queue bat au rythme des mots qui se forment dans ma tête.

Dans mon esprit affluent en crescendo les sensations d'urgence et d'excitation qui envahissent Mon Vieux comme à chaque fois que nous sortons nous promener. Il a compris qu'il ne s'agissait pas là d'une simple balade-pipi-caca à l'incinérateur canin du coin, mais d'une vraie excursion… J'aime ressentir son bonheur à l'idée d'aller se rouler dans l'herbe tendre, marquer à l'envi arbres, poteaux, sol et congénères de ses phéromones, et jouer à notre version du squash contre la paroi translucide du dôme de protection solaire de l'aire de jeu canine B18, jusqu'à un épuisement bienheureux.

Sous ce regard que l'impatience et la joie font pétiller, j'enfile ma veste Termocor. « *La maille qui régule votre corps* », me chante la petite voix de l'holovision infiltrée dans mon subconscient, tandis que la playmate virtuelle en bikini rouge s'impose à mon esprit, prenant la pose au sommet d'un glacier. Je sais qu'une autre publicité vante les mérites de la fibre révolutionnaire par le biais d'un apollon en combinaison moulante au milieu du désert, le visage fendu du même large sourire éclatant – sûrement traité au laser ! Mon hypothalamus se laisse berner un bref instant par une stimulation thermogénique parasite, puis l'image de la fille se met à dégouliner comme une Barbie de silicone fondant au soleil. Putain de rémanence publicitaire! Putain de silicone… Silly Conne… Jeu de mots tellement minable qu'il me fait sourire.

Mon Vieux me regarde en inclinant la tête sur la droite sans comprendre la raison de la subtile vibration de dérision-dérisoire que j'émets. Qu'importe, il sait que je suis décidé à partir avec lui pour quelques heures de bonheur, et c'est tout ce qui compte…

Le dôme n'est qu'à cinq minutes par le tunnel Sud, mais je lui préfère la ligne aérienne circulaire desservant les quartiers périphériques. Les Glowbes, bulles autonomes translucides aux reflets irisés, me procurent l'agréable sensation de flotter avec la légèreté et la liberté des bulles de savon que je soufflais par la fenêtre de ma chambre, du haut du dernier étage de l'orphelinat d'État. L'immensité du ciel a toujours eu la vertu d'apaiser mon système nerveux.

— La première fois, t'en as pas mené large, et maintenant regarde-toi !

— Hé ! Chiens pas voler ! couine Mon Vieux.

— Je sais, je te taquine. C'est normal que tu aies eu la trouille !

Le son guttural qui sort de sa gorge ponctue une onde psy particulière, élaborée, entre réprimande et pardon ironiques.

— Mais maintenant, tu kiffes, hein ?

Allongé sur le dos, pattes en l'air et regard plongé dans le bleu du ciel, il rayonne.

— Ensemble, pas peur ! Toi kiffes, moi kiffe !

Nous planons ainsi une vingtaine de minutes, puis le Glowbe vient nous déposer dans la zone de transit du dôme, peu fréquentée à cette heure de la journée. Nous n'y croisons qu'un carlin borgne promené en poussette par une dame étonnamment lippue, une ado malingre accompagnée d'un majestueux Maine coon fauve, et un homme à l'air affable transportant un porcelet dans la poche kangourou de son sweat. Certes, ces « Classe 3 » ne peuvent atteindre le niveau de communication-empathie tel que nous en sommes capables, Mon Vieux et moi, et ils ont souvent une vision anthropomorphique de leurs amis non-humains, mais je ressens une affection sincère dans leurs hunimalités. Ici, c'est toujours sur ce type de sentiment là que je choisis, consciemment, de focaliser mes récepteurs psy. Le reste, je filtre. Je leur laisse.

Aujourd'hui, Mon Vieux a de la chance : il peut cocher à sa liste de petits plaisirs la case « renifler l'arrière-train de Myosotis », la jeune caniche royale qui, sous ses grands airs sans nul doute calqués sur ceux de sa maîtresse, est une fieffée coquine. Les paires hunimales sont extrêmement révélatrices… En l'occurrence, Myosotis a adopté les mêmes grands airs de sainte nitouche que sa compagne humaine en public, mais leur lien ne saurait modifier leurs natures profondes… Si la caniche est une belle coquine au secret des buissons, alors sa maîtresse n'est pas aussi « convenable » qu'elle s'en donne l'air. Comme tous les êtres humains sont aujourd'hui *ad minima* « Classe 3 », chacun est capable de contrôler l'émission de ses impulsions primaires pour donner le change aux autres… enfin, à la plupart des gens, mais pas à tous les autres. Pas à moi. Je fais partie des quelques dizaines de « Classe 5 » éparpillées – par hasard ou à dessein – à travers les Territoires Libres Civilisés. Nous considérer comme une « minorité » nous offrirait un statut de groupe, or l'alliance gouvernementale TLC ne souhaite certainement pas que nous nous considérions comme tels. Nous ne nous rencontrons jamais, ne connaissons ni les identités ni les lieux de résidence des autres, sommes traités comme des cas particuliers. Des phénomènes dont on ne sait encore s'ils sont des « élus » ou des « monstres », mais qu'il s'agit de garder sous contrôle et d'étudier afin de déterminer quels avantages en tirer : richesse, progrès scientifique, supériorité stratégique, politique et économique… Nous sommes un outil de pouvoir. Ha, j'oubliais : ceux d'entre nous qui sont « opérationnels » ne représentent qu'une petite partie des « Classes 5 » naissant ponctuellement… La plupart, incapables de surmonter le choc des ondes psy bien qu'ils soient pris en charge dès la grossesse – le phénomène se déclenche dès la formation du cerveau in-utero –, développent des pathologies psychiatriques importantes nécessitant l'internement, ou décèdent peu après leur naissance. Certains avancent qu'ils meurent de peur, d'autres que leur cerveau se « déconnecte » pour protéger le nouveau-né des agressions psychiques une fois extraits du cocon rassurant qu'est l'utérus maternel, induisant une paralysie cérébrale totale et irréversible.

Il est toutefois interdit, sous peine d'emprisonnement, d'avorter d'un « Classe 5 », cette manne rare et précieuse. Pourquoi avorter me demanderez-vous, puisque certains s'en sortent ? Tout simplement parce que les parents se retrouvent face à ce dilemme : permettre à un enfant de venir au monde pour souffrir toute sa vie – s'il survit – ou, s'il est assez fort pour grandir sain de corps et d'esprit en développant son talent, le condamner à une existence d'orphelin sous tutelle du Centre de Recherche et de Développement Gouvernemental. Bien entendu, tout cela pour son bien et celui de la société…

Si j'ai réussi à « entendre » une masse conséquente de bribes d'informations à trier et croiser pour arriver à dresser ce constat au fil des années, je sais qu'il est encore incomplet, à la fois dans sa teneur et dans sa cartographie. Je n'ai aucune idée de la situation dans les États Unifiés Catholiques de l'Ouest, les Confédérations Dictatoriales de l'Est ou encore toutes les petites nations soumises plus ou moins malgré elles aux trois blocs régnant sur le monde. Au moins n'ai-je jamais eu à me poser de question quant à mon avenir sur ce grand échiquier… Pour moi, le facteur temps n'a pas d'importance : passé, présent et futur, ma vie entière n'appartient qu'à « eux ».

Je décide de couper mes « In-Out Psy » afin de ne pas troubler l'esprit de Mon Vieux qui s'amuse comme un chiot, rapidité et souplesse en moins. Ce qui demande beaucoup d'effort chez le « commun des mortels » ne m'en demande aucun. Lorsque je le décide, je peux devenir muet même pour les capteurs d'ondes psy les plus sophistiqués. Ce sont ces capacités psychiques hors normes qui me valent mon aisance matérielle, à la fois récompense pour ma collaboration placide et compensation pour ces types des Services de Sécurité Psychiques qui me collent le train vingt-quatre heures sur vingt-quatre. J'avoue qu'ils se font discrets. De toute façon, même s'ils le voulaient, ils ne pourraient pas se cacher de moi : ce sont « seulement » des « Classe 4 ». Alors on fait « comme si »… comme s'ils n'existaient pas, comme si j'étais un homme comme un autre, comme si je n'étais une menace latente pour personne…

Je vis seul, enfin avec Mon Vieux, à la fois proche et distant d'une société qui devrait être dans une voie d'harmonisation totale, mais qui patauge dans une béatitude dirigée. Assis sur un banc dans l'aire de jeu B18, section de gazon 06, je pense à cette entité, l'Humanité, pour laquelle j'ai l'insigne honneur de travailler. Enfin, disons que mon rôle est davantage celui d'une sorte de cobaye-arme dissuasive pour mon gouvernement, ce qui n'est carrément pas la même chose. J'ai l'immense privilège de pouvoir entretenir cette opinion sans craindre une descente de la Police de la Pensée Patriotique. J'ai l'immense privilège de pouvoir me faire mes propres opinions sur tout.

Mon job à temps partiel est donc celui de cobaye soumis : on me branche une fois par semaine sur des machines qui me testent, me scannent, prélèvent des échantillons de tissus, de sang, de sperme, de cerveau même, puis qui transcrivent en leurs circuits microscopiques des milliards de données physiques, psychologiques et émotionnelles. Je suppose qu'ensuite de grandes pointures scientifiques les analysent et tentent de comprendre comment je suis capable de produire ces putains de courbes d'émission psy de « Classe 5 ». Je sais que ça les terrorise et les fascine à la fois, et qu'il y en a plus d'un ou une qui aimerait bien devenir un foutu « monstre-élu ». Plus que les autres, les politicards fantasment sur ces capacités, se voient régner en Maître absolu grâce à elles… Sauf qu'il y a un hic : non seulement le système législatif a verrouillé toute possibilité qu'un « Classe 5 » arrive jamais au pouvoir (OK, ce n'est pas une garantie, juste un consensus commode pour le moment), mais je soupçonne fortement qu'aucun « Classe 5 » ne le désire et ne le désirera jamais. Fondamentalement, un « Classe 5 » a un degré d'empathie si élevé que manœuvrer pour sa pomme, et sa pomme seulement, ne lui viendrait jamais à l'esprit. Mais ces « élites » essaient toujours de s'approprier les capacités qui les intéressent vraiment… Ah, ils pensent obtenir la puissance psychique sans empathie et sans scrupules ? Je leur souhaite bien du courage ! Je n'ai pas besoin de rencontrer d'autres « Classe 5 » pour en être de plus en plus convaincu… Même si je ne sais ni qui ils sont, ni où ils sont, d'une certaine manière, je les « sens »… je les « entends »… C'est comme des murmures sous un immense dôme plongé dans le noir… Lointains, indistincts, mouvants… mais apaisants comme un bruit rose. Je ne ressens aucune menace lorsque j'arrive à m'y plonger, seul dans l'obscurité de ma chambre, casque anti-bruit sur mes oreilles, rythme cardiaque et mental apaisés.

Un jeune bichon maltais passe devant moi en sautillant avec entrain. Régulièrement, il tourne sa petite tête cotonneuse vers son humaine, une femme aux cheveux blancs. Vêtue d'un tailleur vert pomme criard et démodé qui lui va pourtant comme un gant, elle le suit à petit pas, en prenant son temps. Brusquement, comme sous le coup d'une subite intuition, le petit chien quitte le chemin de gravillon en jappant gaiement. Il file en direction du carré de prairie comme mu par la puissance de ses fougueux battements de queue. Je comprends enfin !

Il a perçu Mon Vieux juste avant qu'il ne sorte d'un buisson. À voir sa démarche conquérante, le polisson y a fait plus que conter fleurette à celle qui en ressort du côté opposé, la bouclette un poil décoiffée.

La vieille dame m'a rejoint, elle me salue d'un signe de tête et d'un coup d'œil malicieux. Ce regard est une fenêtre ouverte sur la jeunesse d'esprit qui ne l'a jamais quittée. Je comprends tout de suite comment ce jeune chien plein de fougue et cette vieille dame au corps usé par le temps peuvent former une paire si bien assortie. L'empathie se fout des apparences.

— Ne sont-ils pas cette part de nous-mêmes qui, sans eux, ne survivrait pas ? murmure-t-elle en regardant nos compagnons embarquer dans une folle poursuite.

Je ne suis pas sûre qu'elle attende une réponse de ma part, car son regard semble maintenant fixer un point bien au-dessus de la prairie, bien au-delà du dôme… un point qui n'appartient peut-être même pas à ce monde. Quelques instants de silence respectueux, presque de connivence entre nos solitudes intimes, et la voilà qui prend congé d'un nouveau signe de tête, son regard menthe à l'eau à nouveau pétillant de présence à la vie.

Ses paroles m'ont touché. Quel humain serais-je devenu si je n'avais pas rencontré Mon Vieux ? Mon rôle dans la société, c'est de participer à un jeu de pouvoir proche de ce qui s'est fait par le passé avec le nucléaire : si tout le monde exhibe sa bombe, alors personne ne s'en sert… Normalement. Cela ne nous mènera nulle part, mais c'est transitoire… Après tout, c'est fou comme les choses ont « évolué » en quelques siècles… Certains phénomènes dits paranormaux au XXIe siècle sont devenus scientifiquement explicables. Ce dont les hommes rêvaient, une compréhension presque totale entre les peuples pour stopper l'escalade de la violence les menant droit dans le mur, la science a essayé de le fabriquer. L'invention de l'implant GNAPSY – pour « greffe neuronale augmentée psy » – a initié un changement sans précédent dans l'histoire de l'Humanité. Ne s'agissant que d'un outil, encore aurait-il fallu travailler en parallèle sur les questions éthiques, juridiques et psychologiques de cette invention pour accompagner ce changement de paradigme. À l'image de la bombe atomique, on a surtout assisté à une escalade rapide, trop rapide… à une utilisation maladroite, à un objectif de contrôle plus que de libération, de segmentation plus que d'union.

Mais les temps changent comme un printemps se préparant à éclater sous le couvert d'un long et rigoureux hiver.

Une vague de joyeuse fatigue me submerge aussitôt que je rétablis le flux « In-Out Psy », quittant le gouffre de ces pensées subversives. Ce que j'aime dans le contact avec les animaux, c'est la pureté des sensations. C'est probablement une question de nature profonde qui les catégorise en « Classes 1 et 2 », leur façon d'être au monde par rapport à la psychologie et à l'intellect des humains – la référence ! – et non une question d'intelligence pure. Qu'est-ce que l'intelligence de toute façon ? Peut-on la mesurer à l'aune d'une « Classe Psy » ? Les débats font rage… Quoi qu'il en soit, en ce moment même Mon Vieux est tout simplement béat de ses ébats, ancré dans le présent de manière simple et saine, quoique je le sente un tout petit peu perturbé.

— Quoi ? Lien coupé ? Pourquoi ?

C'est à la fois enveloppant de tendresse et piquant de déconvenue.

— Ce n'est pas à cause de toi, j'étais juste préoccupé et je ne voulais pas gâcher ton plaisir.

Sa réponse émotionnelle, soucieuse, est instantanée. Bon sang, c'est toujours aussi incroyable de réaliser que ce que je viens de penser, d'émettre, est modulé pour être reçu exactement comme son esprit canin peut le comprendre…

— Eux ?

Je souris en balayant l'ombre de cette menace impalpable, et mon chien remue aussitôt la queue de contentement. Il aime réussir à me dérider quand je me sens inquiet ou déprimé.

— Non, je pensais simplement à la mutation qu'ont engendrée les implants GNAPSY. Au début, c'était formidable pour les gens d'espérer se comprendre sans se parler… C'était grandiose de se dire que la perfidie n'aurait plus de cachette, que la sincérité deviendrait naturelle, que la barrière des langues n'existerait plus.

— Bien pour nous aussi ! Homme sentir nos besoins, nos sentiments, notre douleur !

— Oui, mais d'abord il y eut les guerres, les emprisonnements, les meurtres de ceux qui ne pensaient pas comme les dictateurs qui les gouvernaient. Il y eut les dénonciations, les suicides, les ruptures, les règlements de compte, les chocs émotionnels et les crises de folie… Les frustrations nées de l'injustice aussi, de ceux qui n'avaient pas les moyens de se faire poser un implant et qui étaient prêts à tout pour y parvenir, à ceux qui ne le voulaient pas mais que l'on a forcés, à commencer par les soldats et autres « agents de l'ordre »… Il y eut les guerres de pouvoir, une nouvelle lutte des classes, les surenchères technologiques, les expériences désastreuses, les cobayes décervelés au nom du progrès… La création de la Police de la Pensée Patriotique…

— Peur…

— Oui. Il y eut la peur, la peur de certains de ne plus être libres – et pour d'autres, de le devenir – la peur de ne pas avoir accès aux mêmes pouvoirs que d'autres, la peur de ne rester un individu qu'en payant le prix de la disgrâce et de la solitude – la peur des autres, même et surtout des proches, la peur de la vérité toute nue… Et encore, la peur des animaux greffés pour mieux servir de machines de guerre, d'espionnage ou de manipulation… qu'ils nous « entendent » autant que nous les « entendions », la peur de ce nouveau contact avec des êtres qui pourraient peut-être comprendre la nature humaine, comprendre la manière dont l'homme les utilise et les exploite, la peur qu'ils se rebellent, qu'ils se retournent contre leurs maîtres, cette peur qui a donné naissance aux zones de production carnée fermées, ne laissant plus aux hommes que le droit de posséder un seul animal de compagnie homologué, testé et autorisé – ou non – à porter un implant selon le dossier de son possesseur.

— Ère Psy !

— Oui, c'est ce que l'on appelle l'Ère Psy. Une ère qui a débuté dans l'émerveillement et l'espoir avant de sombrer dans la peur, le sang et le feu.

— Ère PCI ?

— Oui, cinq générations humaines plus tard, après des centaines d'années de crises sanglantes, de renversements politiques, de bouleversements économiques, culturels et sociaux… L'Ère Post-Cerebro-Implant… La marche de la nature vers un rééquilibrage… La mutation de la race humaine… L'inutilité des implants chez une nouvelle génération d'individus… Puis la découverte d'aptitudes similaires chez les animaux dits « de compagnie », en contact étroit avec cette humanité mutante… Une mutation tellement rapide à l'échelle de l'évolution que l'opinion publique ne pouvait la croire naturelle sans toutefois pouvoir l'affirmer et encore moins le prouver. Et il a bien fallu discuter, réfléchir, s'organiser, s'adapter…

— Ensemble…

— Ensemble… Les humains deviennent peu à peu une entité, une seule et même âme, l'harmonie… enfin, ce n'est pas non plus ce jardin d'Éden dans lequel ils croient marcher comme des élus, mais on s'approche d'un nouvel équilibre. Pour le trouver, il va falloir que tous apprennent à respecter la vie dans son ensemble, et pas simplement cette entité humaine, qu'il faudrait d'ailleurs cesser de placer au sommet de la pyramide du Vivant… Mais on va y arriver mon ami, on va y arriver, car l'homme n'évolue pas seul. Mon instinct me dit que discrètement, lentement, c'est bien tout le Vivant qui est en train de s'aligner… Peut-être que ce rayonnement psy se transmet comme un virus ? Bientôt, nous le saurons.

— Toi, peur ? demande Mon Vieux en touchant ma main de sa truffe fraîche et humide.

— Non Mon Vieux, je n'ai pas peur. À quoi cela servirait-il ? Je suis foutrement curieux et je ne vois pas trop comment cette nouvelle ère pourrait être pire pour la planète que celles qu'elle a connues tout au long de la suprématie humaine. C'est un truc énorme qui se profile, j'espère être encore là, avec toi à mes côtés Mon Vieux pote, pour le vivre !

Mon Vieux émet du contentement, quelque chose de pur et chantant comme la petite musique cérébrale d'un jeune enfant excité, réjoui de se sentir aimé et en sécurité.

Remontant le Boulevard 22, je suis contraint de filtrer mes « Inputs »… Tous les messages émis par les panneaux d'affichage à ondes psychiques plantés à intervalles réguliers, subtils pour le commun, me tortureraient si je ne pouvais pas m'en isoler… Tous ces appels, ce désir fabriqué, ces sensations de manque ou d'envie qui se gravent patiemment dans l'esprit des gens, pénétrant tous les jours un peu plus profondément l'intimité de leur âme… Je croise une nouvelle fois la Barbie avec son maillot rouge agressif, ses grosses lunettes de soleil et sa bouche pulpeuse dont le rayonnement chaud et confortable pique la libido habilement, par petits traits vifs… Se sentir au chaud, se sentir à l'aise, se sentir sexy en fibre Termocor… Je baisse le regard et presse le pas pour ne plus voir les affiches vidéos lumineuses qui balisent ce boulevard simultanément à des centaines d'autres, ciblant les passants selon leurs propres fréquences cérébrales.

Mon fidèle labrador se rapproche de moi et, à travers mon

filtre, je perçois la vague de tristesse qui le submerge, une tristesse d'autant plus profonde qu'il essaie sans y parvenir de comprendre ce genre d'état d'âme, ces déserts arides et stériles où se tarit mon cœur-oasis ; un cœur qui ne bat à l'unisson de personne… puisque je ne veux, ni ne peux, me fondre dans cette entité humaine… Trop sensible. M'immerger serait comme placer mon oreille contre une enceinte crachant à plein volume un concert de metateknorock… Je deviendrais sourd, ou fou, probablement les deux. Mon brave labrador m'aime tellement qu'il ressent une espèce de lourdeur nauséeuse que j'associe à de la culpabilité… Pourquoi ne peut-il pas ressentir et réfléchir par lui-même pour dissiper les idées noires et toutes ces choses semblant tellement douloureuses et importantes pour son « maître » (en ce qui me concerne, je préfère dire « compagnon humain ») ? En ce moment même, il se demande comment faire pour m'en détourner au moins quelque temps, pour me redonner le goût du jeu et des plaisirs simples (ah, quel bonheur de trousser Myosotis dans un fourré, baver sur une vieille balle, uriner par-dessus les odeurs de Lewis, l'arrogant lévrier greyhound, se faire gratter derrière l'oreille droite, se rouler dans l'herbe mouillée, s'ébrouer avant de rentrer à la maison manger une bonne assiette de ragoût…). Alors il sort l'une de ses armes secrètes d'urgence en me proposant un de ces plaisirs tous simples qu'il sait pouvoir partager avec moi…

— Plateau-holo ?

Je souris et décide que je me suis assez laissé aller à mes humeurs maussades aujourd'hui. Mon Vieux est fantastique de patience et de bonne volonté. Je lui souris avec reconnaissance, je lui souris de tout mon être. L'effet doit lui faire du bien puisque moi-même je me sens mieux. C'est comme une tiédeur qui vient de l'intérieur et fait piquer les yeux de gratitude.

— Un plateau repas un tantinet décadent devant l'holovision ? En voilà une bonne idée !

Mon chien aime les programmes qui sont proches de sa compréhension canine. C'est vrai que l'on peut communiquer d'esprit à esprit, mais tout de même, sa psychologie reste celle d'un chien et on ne peut pas lui demander de comprendre des vues totalement humaines, heureusement d'ailleurs. Il ne manquerait plus que les chiens se mettent à faire de la politique ! Quoique…

— Foot ?

— Foot !

Ça, des mecs qui courent après un ballon, c'est tout à fait dans les cordes mentales de mon ami à quatre pattes…

Il fait bon rentrer à la maison… La machine à café ronronne en diffusant des effluves corsés de grains torréfiés au soleil, et même si tout est de la synthèse d'usine chinoise, je me laisse duper avec plaisir en m'enfonçant dans mon fauteuil en faux cuir (le vrai m'a toujours donné la nausée !). Je tâche de profiter de ce qui m'apporte un peu de réconfort, de douceur, de plaisir, dans ma vie de célibataire endurci… Ce n'est pas demain la veille qu'une femme cohabitera avec moi. Les « Classe 5 », c'est trop flippant ! On les craint, on les fuit, à moins que cela ne soit eux qui fuient les autres ? Je crois qu'il faut être honnête : je fuis autant qu'on me fuit. Parce que, mêlées à la crainte de la « supériorité » supposée que nous incarnons, il y a souvent de l'envie et de la répulsion – parfois jusqu'au psychisme… Bref, des sentiments gluants et noirs dont l'homme n'a pas encore su se débarrasser, qu'il essaie de cacher sans y parvenir face à un type comme moi. Les autres ne voient que notre vie « dorée », notre statut social sans autre mérite que nos talents innés. Ils ne peuvent rester qu'en périphérie de nos émotions, mais s'ils pouvaient pénétrer mes protections, ils comprendraient vraiment le prix que paye un « Classe 5 » sans pour autant l'avoir choisi. La solitude… La dépression… La connaissance de choses que l'on préférerait ignorer… La mélancolie de ce qui a été ou de ce qui n'est pas encore… Et la nécessité de tout garder pour soi. Mais quel que soit le statut qui est le mien depuis la naissance, soyons honnête, je suis loin d'être parfait, j'ai même une grosse tare dans cette société : je ne veux pas faire partie de ce projet de masse soi-disant harmonieuse à la pensée unique. Qui plus est, j'en sais trop sur les manipulations visant à domestiquer cette masse « sereine » au nom d'intérêts supérieurs. Mais il arrivera un jour où plus personne ne se fera manipuler, où tout le monde sera « Classe 5 », où de la cohérence psychique naîtra la plénitude. J'ai bon espoir… Et ce jour-là, cela sera plus qu'une entité humaine qui régnera dans la paix : la Terre elle-même sera entité, une entité formée de toutes les formes de vie interreliées. L'avènement de la Vie, du respect de la Vie sera inéluctable et renversera l'ordre des choses, ou plutôt remettra les choses à niveau. Là, ce sera une ère vraiment nouvelle. Là, ce sera un beau projet. Là est mon utopie.

Mon Vieux tourne en rond dans le salon. Il piaffe d'impatience de regarder le match devant un miamburger maison. Je sais que mon propre enthousiasme fait beaucoup sur son excitation, je sens les impulsions, flux et reflux entre lui et moi, stimulation en chaîne, ping-pong émotionnel, comme un rythme cardiaque, un souffle régulier… Certains trouvent ce genre de relation avec un animal obscène, en général ceux qui n'y parviennent pas et donc, n'y comprennent rien… Un jour le monde entier comprendra, mais en attendant, je dois faire profil bas. Le gouvernement n'aime pas les gens comme moi, les individus qui cultivent leur esprit critique, les « mutants » précoces qui augurent d'une évolution de l'homme qu'ils n'ont pas encore atteinte, et je dois prendre garde… Filtrer, filtrer encore et ne pas me relâcher pour que les gus là-dehors dans leur camionnette à amplification d'ondes cérébrales ne puissent pas m'« entendre ». Tout ce qui est assimilé à de l'éco-misanthropie, par exemple, ils n'aiment pas trop… Pour ceux qui nous gouvernent, l'important reste la sauvegarde de l'être humain, pour ne pas dire sa domination ! Alors les contacts superficiels avec les animaux de compagnie en gardant le contrôle de l'échange, passe encore, d'autant plus que pour la masse cela se résume à des sensations, mais « converser » comme nous le faisons Mon Vieux et moi… considérer son compagnon comme un être à part entière, doté des mêmes droits fondamentaux, y compris celui de décider pour et par lui-même ! Ça les fait flipper… Des fois que le règne animal se dresserait contre la domination humaine, comprenant enfin qu'on extermine petit à petit tous ceux qui sont jugés « nuisibles » ou « inutiles »… Bon sang, s'ils savaient que depuis quelques semaines je sens une présence liquide et fraîche en « In » à chaque fois que je passe à côté du magnifique ficus dans ma cuisine ! S'ils savaient que je me surprends à l'arroser lorsqu'il en a besoin sans même avoir à vérifier le degré d'humidification de la terre… S'ils savaient, s'ils comprenaient que demain les hommes communiqueront même avec les végétaux… Et moi qui ne peux en parler à personne, à personne ! Je ne peux pas être le seul, non, demain nous serons légion ! Alors ce serait la vraie révolution, « ils » perdront le contrôle et tout ce qui fait leur puissance et leur force de conviction. Vivement ce jour ! Ce jour que, malheureusement, je ne connaîtrai probablement pas…

— OK Le Vert, j'arrive… Je vais te donner un petit *shot* d'engrais avant le match…

Une caresse légère, une sensation de satin frais, un parfum d'herbe humide de rosée, si imperceptible qu'il pourrait s'agir d'un mirage, d'un songe éveillé, suis-je fou, ou mes facultés sont-elles vraiment encore en train de s'aiguiser ? Lorsque je frôle les feuilles du ficus du bout des doigts mes impressions se raffermissent.

« *:::* »

Je ne suis pas fou, je ne suis pas fou ! Je ferme les yeux et je perçois dans un bref éclair un univers de fausse immobilité, un calme apparent sous lequel grouille une vie en bourgeons, prête à éclater si seulement il y avait un peu plus de lumière, si seulement il y avait un peu plus de terre, si seulement il y avait un peu plus d'oxygène…

« *: : :!!!* »

— Mes prochaines vacances sont dans quinze jours… L'hôtel des Edelweiss, dans la réserve sous bouclier magnétique des Alpes… Ça te dirait de nous accompagner pour une fois ?

— À qui tu parles ? interroge mon brave labrador.

Je ferme les yeux et visualise mentalement l'établissement de style chalet de montagne aux lattes de bois cirées et ses balcons fleuris avec vue grandiose sur des forêts de conifères odorants…

« *:::::::::::!!!* »

Nouvelle vague, plus solide encore, de fraîcheur végétale, tandis que mes doigts caressent une jeune feuille de la plus tendre nuance de vert.

Mon Vieux capte ces ondes inhabituelles, il ne les comprend pas encore, mais cela n'a pas d'importance, car il sent lui aussi que quelque chose de grandiose est en train d'arriver.

— Mon Vieux, je crois bien qu'on est en train de former une famille… Notre famille…

« *: : : oui : toi : vous : : : ensemble! : : :* »

Nous voilà tous trois emportés dans une mer de tendresse, et… de promesses.

*

Au-dehors, l'antenne-psy hyper puissante sur le toit d'une camionnette sombre capte des émissions hors normes, comme si les « In-Out Ps » du sujet de « Classe 5 » matricule TLC-H01042505 qu'ils surveillent venaient de gonfler. Quelque chose d'important semble se passer durant quelques secondes, puis tout redevient normal. Bien entendu, cela a été enregistré et figurera au rapport quotidien transmis en haut lieu. Peut-être une distorsion, cela arrive parfois... Peut-être rien d'important, en fait...

Ou, peut-être, quelque chose qui porte le germe du futur de la planète tout entière...

DÉCOUVREZ LES TROIS TITRES
FINALISTES DE LA 9E ÉDITION

VENEFICA
Raphaëlle B. Adam
Tête Première

DOUZE ARPENTS
Marie-Hélène Sarrasin
Tête Première

LA VALLÉE DE L'ÉTRANGE
J.D. Kurtness
L'instant même

Des livres d'ici, qui vous emmènent ailleurs !

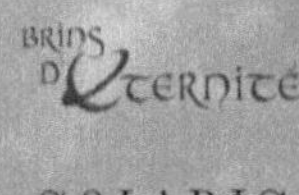

www.horizonsimaginaires.ca

Lecteur avide depuis l'enfance, **Thomas Rousseau** a toujours eu un besoin viscéral de s'exprimer artistiquement.

En parallèle d'une carrière en télévision, il fonde en 2012 le groupe rock *Dear Broken Silence*. La formation produit deux albums dont *No Signal* (2020), sur lequel Thomas Rousseau signe les paroles de deux chansons. Ces premiers pas en tant qu'auteur sont pour lui une révélation : il quitte le groupe peu après pour se consacrer à l'écriture.

Québécois d'origine, Thomas Rousseau vit maintenant en France avec sa femme et ses deux enfants.

J'aurais dû écouter ma mère

Thomas Rousseau

Ça y est, le Bureau Des Permis est juste au bout de la rue. Sa masse grise et indifférente domine le panorama. Je peux déjà voir ses portes en verre sous la grande affiche qui proclame :

BUREAU DES PERMIS
ON FERME À 17 HEURES.

D'un pas vif, je me fraye un chemin à travers le troupeau de fonctionnaires qui se pressent pour retourner au travail après une pause-dîner trop longue. Tout va bien jusqu'à ce que je renverse un enfant que la foule me cachait. Le rouquin n'a rien de cassé, mais la crème glacée qu'il dégustait s'est répandue sur l'asphalte, un spectacle désolant. Je n'ai pas le temps de le réconforter parce qu'aujourd'hui, c'est la date butoir pour les demandes de prêts et bourses pour la session d'automne 1996. Je dois ignorer ses pleurs et passer mon chemin. Je monte les trois marches de béton et j'entre au B.D.P. On m'attribue le numéro 181. Je m'écrase dans l'une des seules chaises libres avec un soupir : le tableau numérique indique le 151.

14 : 41

Le monsieur d'à côté toussote pour la centième fois en fixant ma jambe. Je continue d'éviter son regard. Je sais bien que je le dérange, en tapant du pied aussi fort, mais c'est la seule chose que je puisse faire pour contrôler mon impatience. À part sautiller sur place, ce qui serait…

Ça y est, on appelle mon numéro ! Je jaillis de ma chaise et, tout fier, je pose sur le comptoir ma demande de prêts et bourses, complétée au prix de maints maux de tête. De l'autre côté, une femme fatiguée inspecte mon formulaire. Sur son visage terne, aucun signe de vie. Elle hausse légèrement un sourcil et me dit qu'il manque une preuve de résidence.

Non !

Je lui explique que je n'en ai pas, parce que je sous-loue une chambre et que mon nom ne figure pas sur le bail. Elle me répond, blasée, que dans ce cas il faut faire remplir le formulaire A-18-G-177.4 par le signataire du contrat de location.

Traverser la ville un vendredi après-midi, trouver mon coloc, le convaincre de s'occuper de ça tout de suite, puis revenir ici, reprendre un numéro et me taper une autre attente interminable ? En moins de deux heures trente ? Mais je n'ai pas d'ailes pour voler, moi ! Même en passant par les toits, je ne suis pas sûr que ce soit possible. Avec un grognement, je saisis la feuille de papier que la fonctionnaire me tend et la fourre dans mon sac avant de sortir du bureau au pas de course. Dès que j'atteins un bâtiment assez bas, je pose les pieds sur une voiture pour bondir jusqu'à son sommet.

14 : 53

Ma cheville se tord presque quand j'atterris sur le quatrième toit. J'ai sacrément mal, mais pas au point de devoir m'arrêter. La bordure arrive à toute vitesse. J'accélère et je saute. Au-dessous, toutes petites, les voitures se disputent la route à grands coups de klaxon. Cette fois, j'exécute une roulade en touchant le revêtement goudronné de l'immeuble suivant.

J'aurais dû obéir à ma mère et me débarrasser de la paperasse d'avance. « Avec la bureaucratie, il y a toujours des complications ! » m'avait-elle répété obstinément, sachant très bien que je ne l'écoutais que d'une oreille. Je regrette de ne pas lui avoir donné toute mon attention. Si je rate mon coup aujourd'hui, ce sera la fin de mes études en ingénierie et, du même coup, de ma relation avec Rébecca. Je serai trop pauvre pour l'emmener dans les endroits qu'elle aime et trop minable pour valoir son temps… Je dois chasser ces idées noires qui m'alourdissent, et me propulser par-dessus la prochaine rue. Et hop !

J'aboutis enfin sur l'immeuble où je loge. Sans m'arrêter, je retire ma ceinture et la noue en une boucle que je passe autour de la gouttière, le long de laquelle je me laisse glisser. Un étage… deux étages… maintenant ! J'allonge le bras pour saisir le rebord de la fenêtre de mon appart. Je me hisse à l'intérieur et remonte mon pantalon.

Mon autre coloc, Chloé, est affalée sur le sofa. Elle joue l'une de ses habituelles parties de *Punch-Out !!*, une cigarette au coin de la bouche. Je la salue de la tête avant de filer vers la chambre de Frank en rebouclant ma ceinture. Pas là. Je fais demi-tour pour interroger Chloé, qui jure et remue les oreilles quand je me plante entre elle et la télé. Elle fait mine de ne pas m'entendre, mais j'obtiens vite son attention en mettant la main sur le fil d'alimentation de la console. Elle me dit que Frank est sorti prendre une bière au Maréchal. Merde, c'est pas la porte à côté ! Bus ou course ? Course. Sans me donner la peine de saluer ma coloc, je saute par la fenêtre. Trois étages plus bas, un conteneur à ordures amortit quelque peu ma chute. Je m'en extirpe et je m'élance en secouant mes vêtements pour me débarrasser des immondices.

15 : 40

En sueur, j'ouvre la lourde porte de bois au-dessus de laquelle flotte l'enseigne du Maréchal Brossant. Un fumet de transpiration, de cigarette et de fond de tonne assaille mes narines. J'inspire une dernière bouffée d'air frais avant de plonger dans cette mer d'ivrognes. Là, à la machine à boules ! Un grand gaillard en veste grise dont la silhouette m'est familière. Je fends la foule pour le rejoindre et le tire par la manche. Il se retourne, dévoilant un groin plissé duquel jaillissent de féroces grognements. Erreur sur la personne. De près, cet hybride mi-humain, mi-cochon ne ressemble pas du tout à mon coloc. Je m'apprête à m'excuser d'avoir gâché sa partie, mais il ne m'en laisse pas la chance : il m'expédie un coup de patte. J'esquive sans mal et son mouvement, dans lequel il avait mis beaucoup trop de force, l'entraîne dans deux rapides tours sur lui-même. Avant que l'homme-porc ne parvienne à reprendre son équilibre, j'ai déjà disparu.

Je tourbillonne. Je m'impatiente. L'air infect me retourne l'estomac. Mais où est ce maudit Frank ? Une série de cris retentissent, au loin : « Trois-deux-un… kaboum ! » J'en sautille de joie. Même assourdi par le brouhaha ambiant, je reconnais tout de suite la rengaine que mon coloc et ses amis de l'université entonnent toujours avant de s'envoyer des T.N.T.

Je joue du coude pour me rendre au bar et y trouve, avec soulagement, une trentaine de verres à shooter. La moitié d'entre eux contient du jus de tomates, l'autre, de la vodka. Devant cette enfilade sont assis trois ados, dont un grand au gros nez et à la veste grise.

— Frank ! Frank ! lui crié-je, il faut que tu me remplisses un formulaire. Ça presse !

Il se retourne vers moi, sans me voir. Après quelques secondes, ses globes oculaires parviennent à ajuster la mise au point et il me reconnaît.

— Maaaaaax ! T'es v'nu boire avec nous…

Ah, si seulement j'avais le temps pour ça ! Je lui flanque le formulaire sous le nez. Il regarde en direction du papier, ses yeux d'ivrogne complètement vides. Inutile d'insister, il est hors service. Tant pis, je vais remplir le document moi-même et il n'aura qu'à le signer. Pendant que je m'attelle à la tâche sur le seul coin du comptoir qui n'est pas encore souillé, mon coloc dérobe un citron derrière le bar et le cache dans la poche gauche de ma veste. Pensant que je ne m'en suis pas aperçu, les trois amis pouffent de rire.

— Frank ! hurlé-je pour récupérer son attention, signe ici. Allez, t'as juste à signer !

— OK, dit-il en ricanant, mais tu bois avec nous après.

J'accepte d'un hochement de tête. Pas le choix. Il m'arrache le stylo des mains et dessine sur la feuille une marque affreuse, pas exactement au bon endroit. Ça ira, ça ressemble vaguement à sa signature habituelle. Il fait glisser vers moi une paire de shooters, un rouge et un transparent. Résigné, j'en soulève un dans chaque main et me joins à leur chant : « Trois-deux-un… KABOUM ! » Huit verres vides de plus. Je pivote déjà sur mon tabouret, avec l'intention de déguerpir avant que mes amis ne m'envoient un autre T.N.T., mais je bute contre un mur.

Un mur gris.

Je lève la tête pour découvrir un museau plat qui me renifle avec dédain. Sacrément rancunier, celui-là. Il m'assène un crochet, que j'évite d'un poil et qui atteint Frank à l'épaule. Celui-ci hurle et fonce sur l'attaquant. L'homme-porc paraît costaud, certes, mais il ne fera pas long feu face aux trois jeunes débordants de courage éthylique qui se jettent sur lui. J'ai tout juste le temps d'attraper le formulaire avant que l'on étale l'hybride sur le comptoir et que la vodka et le jus de tomates ne se répandent. Des cris fusent de partout ; ça va bientôt dégénérer. Je prends la fuite, jouant du coude pour me faufiler entre les saoulons qui accourent de tous les côtés pour se joindre à la fête. Tel un saumon qui remonte les rapides, je dois déployer un effort herculéen pour atteindre la sortie sain et sauf.

De l'air pour mes poumons avides, enfin.

À peine ai-je fait trois pas à l'extérieur que le fracas d'une fenêtre qui éclate retentit derrière moi et qu'un premier belligérant vient s'écraser sur le béton dans une tornade de sang, de bière et de brisures de verre. L'enseigne du Maréchal Brossant continue de se balancer, nonchalante. Le tableau lui est familier.

Je consulte ma montre et mon cœur se serre : avec tout ce temps perdu, il me faut oublier la route la plus sécuritaire, mais aussi la plus longue, pour retourner au Bureau Des Permis. Je vais devoir passer par le quartier centre-ouest. Au sprint !

16 : 14

En arrivant sur l'avenue Duplessis, que l'on surnomme « l'avenue du Péché », je suis forcé de ralentir. Tout le monde sait que si tu marches sur les orteils de la mauvaise personne dans le quartier centre-ouest, ça pourrait bien être ton dernier pas. Pas le bon endroit pour courir à toutes jambes. Et, pour dire vrai, mes mollets raides me réclament un répit. Les toits sont également hors de question à cause de la fragilité des structures.

Je progresse lentement. En faisant bien attention où je mets les pieds, et encore plus où je pose les yeux. Je ne dois pas fixer le sans-abri qui roupille sur un banc, sous une couverture de vieux journaux, à ma gauche. Ni le revendeur de drogue qui se tient au coin de la rue, le dos contre le mur délabré d'une boutique louche. Et, par-dessus tout, je ne dois pas laisser mon regard être attiré sur ma droite, vers ces minettes en satin qui agitent leurs moustaches de façon si aguichante. Je dois les ignorer, même celle qui fait papillonner ses yeux dorés et qui, avec une grâce purement féline, m'invite à la rejoindre d'un signe de la patte.

— Intéressé ?

La grosse voix m'effraie et je me retourne subitement. Un immense homme canin me toise. Un pas de plus et je le percutais. Quel idiot ! Je m'empresse de baisser la tête et d'affaisser les épaules pour paraître inoffensif puis j'essaie de reprendre mon chemin. Il me barre la route en me dévoilant sa terrifiante dentition.

— Tu sais, grogne-t-il, j'aime pas trop qu'on reluque mes filles et qu'on déguerpisse comme un filou. C'est pas gratuit tout ça, comprends-tu ?

Il me faut désamorcer la situation, et vite. Je fouille dans ma poche arrière pour y trouver un billet de dix dollars.

— Tiens, dis-je en lui tendant l'argent, voilà pour le dérangement. Bon chien !

Ses pupilles s'enflamment et d'entre ses terribles mâchoires jaillit un aboiement qui me glace le sang. Oups ! J'ai l'habitude de dire « Bon chien » quand je donne une récompense à un clébard… Apparemment, celui-ci n'apprécie pas le compliment. Heureusement pour moi, mes jambes sont plus futées que ma tête et ont pris la fuite sans attendre mes instructions. Par-dessus mon épaule, j'entrevois le molosse à quatre pattes qui gagne du terrain en hurlant.

— Tu me prends pour un gentil toutou, p'tit merdeux de sauteur ?

La sueur ruisselle dans mon dos. Pas d'issue à gauche, pas de cachette à droite… et en haut ? Oui, là se trouve mon salut. J'enjambe un clodo qui ne se rend compte de rien et, prenant appui sur le dossier de son banc, je bondis pour m'agripper au rebord d'une fenêtre. Pas assez rapidement : la mâchoire de l'homme-chien se referme sur mon pied.

Le cri rauque qui s'échappe de ma gorge me surprend moi-même.

Je secoue la jambe comme un dément et le molosse finit par tomber, en emportant dans sa gueule mon espadrille gauche. Il s'abat sur le sans-abri qui, cette fois, se réveille en jurant. Je me sens lâcher prise à mon tour : je ne tiens que par le bout des doigts, et je leur en demande beaucoup trop. Je dois faire appel à toute ma force pour me hisser sur la bordure de la fenêtre, après quoi je saute pour empoigner la corniche du bâtiment.

Une fois sur le toit, je m'accorde quelques secondes pour souffler et inspecter la morsure. Ça va, il y a eu plus de peur que de mal. Avec un pincement au cœur, j'enlève ma chaussure restante pour la ranger dans mon sac. Acheter une nouvelle paire d'espadrilles adaptées à mes pattes de lièvre va me coûter une petite fortune. Mais bon, tant que j'ai mes deux jambes pour sauter, je peux m'estimer chanceux. En bas, le cabot grogne et aboie, écumant de rage. Il se lasse pourtant au bout d'une minute et rebrousse chemin, laissant derrière lui les restes de ma chaussure.

— On fait moins le fier ! m'exclamé-je pour moi-même. Ces crocs sont bien bons pour manger les souliers, par contre pour l'escalade, ils ne valent pas grand-chose, pas vrai ?

Le toit vibre sous mes pieds, et le fragile instant de tranquillité dont je pensais pouvoir profiter disparaît aussi vite qu'il est apparu.

Un grondement monstrueux, au loin. Ou peut-être tout près. La terre, elle-même, semble grogner.

Une trappe s'ouvre à même la toiture.

Ma tête s'enfonce entre mes épaules quand l'immense silhouette de l'homme-chien en émerge et me fonce dessus. Je sors de ma stupeur, juste à temps, et je sprinte puis saute vers la bâtisse d'en face.

Au moment où mes orteils quittaient la corniche, j'ai senti l'écume de sa gueule me brûler la nuque. C'est dire à quel point j'ai failli y rester. Mais c'est fini. Je plane, libre comme l'air. Plus qu'à effectuer une roulade à l'atterrissage et je serai sain et...

Un fracas tonitruant fige le cours du temps.

Les éclisses dansent autour de moi, en apesanteur. Le nuage de débris qui m'entoure doit me donner l'air d'une protoétoile au milieu d'une nébuleuse. Le bruit des poutres qui cassent, ralenti au point d'être une sourde vibration, a quelque chose de relaxant. Je voudrais que cet instant dure une éternité, mais les sons deviennent de plus en plus aigus, puis les copeaux cessent leur ballet et se mettent à tomber en m'entraînant avec eux.

Le sol, enfin.

Et puis la douleur.

Mon dos est un tronc d'arbre tordu, percé de mille petits clous qui s'enfoncent encore plus à chaque quinte de toux. Le simple effort de me relever en position assise m'étourdit. Quand la poussière retombe et que la vision me revient, je ne distingue d'abord que la tapisserie de couleur saumon, plus grise que rose, décollée par grands lambeaux. Ensuite, je remarque le sofa fleuri, avec la mousse de rembourrage qui sort de ses bras déchirés. En dernier, je repère les deux géants qui y sont avachis. La fourrure blanche de leurs grosses pattes, la toison noire qui s'échappe de l'encolure de leurs camisoles de basketball, leurs visages pointus et leurs yeux, tout petits, rivés dans ma direction.

J'en suis tétanisé.

À leurs pieds, sur une table basse, s'étale un terrarium aux vitres lézardées. L'un d'eux, lentement, incline son museau vers l'avant. Une longue langue jaillit de son extrémité et je lève les bras pour me protéger. Réflexe idiot : ce n'est pas moi que l'on vise. Cette langue, rapide comme un coup de fouet, se plante dans la terre contenue dans la boîte en verre et en ressort grouillante de fourmis qui sont aussitôt dévorées.

Je devrais m'excuser d'avoir défoncé leur plafond, mais ma gorge est trop asséchée par le plâtre et la poussière pour produire le moindre son et, de toute façon, je suis trop effrayé pour trouver les mots. Le silence gênant n'est brisé que par leurs sporadiques claquements de langues. Pourquoi ne m'engueulent-ils pas ? Je me redresse prudemment pour risquer un pas vers la fenêtre. Ils ne me suivent pas des yeux. C'est alors que je comprends : ils ne me voient pas !

Heureusement pour moi, les tamanoirs ont une mauvaise vision. Ils doivent encore en être à se demander ce qui a causé tout ce vacarme.

C'est avec des mouvements extrêmement lents que je tente mon évasion. J'ose à peine respirer. S'ils me repèrent, c'en est fini de moi. Ces hybrides, ordinairement pacifiques, peuvent se montrer très agressifs s'ils se sentent en danger. Ils font trois fois ma taille et leurs griffes me déchiquetteraient en un rien de temps.

Enfin arrivé au bord de la fenêtre, je m'y lance sans prendre le temps de regarder en bas. J'atterris lourdement sur l'asphalte fissuré de la ruelle et mon dos meurtri me fait gémir. Il vaudrait mieux opter pour le bus pour le reste du chemin. Ce sera sans doute plus rapide, dans mon état. Je fais un pas vers le dépanneur du coin avec l'intention d'y demander de la monnaie, mais je m'immobilise quand ma main touche le fond de ma poche arrière sans rien y trouver.

C'est pas vrai ! J'ai donné mon dernier billet à ce...

Des aboiements, tout près.

Sauve qui peut !

16 : 46

Chaque inspiration me brûle les poumons. Mes orteils nus sont en sang. Mes jambes sont sur le point de céder… Ah, enfin ! Là, juste au bout de la rue. Sa masse grise et méprisante domine le panorama. Le Bureau Des Permis. J'y suis presque !

À cette heure-ci, le quartier administratif est peu achalandé. Je zigzague entre quelques chauffards et passants, en me concentrant sur ma respiration pour ne pas succomber à la souffrance qui assaille tout mon être. Droit devant moi, un petit rouquin lèche une crème glacée. Encore lui ? J'ai beau être pressé, je ne vais quand même pas lui ruiner deux cornets en une seule journée. Je ralentis à quelques pas de lui puis range mes mains dans mes poches, pour ne pas lui paraître menaçant. Malgré ça, il me fixe bizarrement. C'est alors que je remarque qu'il est flanqué de deux jeunes hommes plutôt baraqués, en manteaux de cuir, leurs cheveux roux coiffés en queue de cheval. Un sourire mesquin se dessine sur le visage du garçon.

— Mes grands frères vont te faire regretter de m'avoir poussé, gros con !

À ces mots, les deux brutes s'approchent de moi à la manière de requins tournant autour de leur proie. Une énième dose d'adrénaline inonde mes veines, élevant mon rythme cardiaque à une vitesse démesurée. Dans ma poche, ma main tripote nerveusement le citron que Frank, l'incorrigible ivrogne, a trouvé si drôle de cacher là. Mes assaillants parcourent de lents cercles en me dévisageant de part et d'autre, pour me montrer qu'ils contrôlent l'espace et la temporalité du combat. Frustré, j'écrase le fruit au creux de ma paume.

Ils passent à l'attaque.

Le premier m'expédie un crochet de la droite. Je me penche pour l'esquiver, de justesse. Son poing effleure mes oreilles rabattues tandis que je lui aplatis le citron broyé dans les yeux. Il se met à hurler et se couvre le visage. Je me retourne vers le deuxième juste à temps pour parer, les bras croisés, le coup de pied circulaire qu'il m'assène. Il m'envoie tout de même rouler sur l'asphalte plusieurs mètres plus loin. Je me redresse trop rapidement et la tête m'en tourne. Je le cherche du regard, mais les étoiles qui scintillent me compliquent la tâche. J'aperçois une masse noire, puis mes poumons se vident de leur contenu.

On me plaque au sol. Des mains m'enserrent le cou. Une paire d'yeux exorbités me lance des éclairs. Du coin de l'œil, je distingue le petit diable qui rigole. Maudite famille de fous ! Je voudrais hurler, mais la poigne de la brute me l'interdit. La noirceur tombe…

À court de solutions, je relève mon genou avec toute la force qu'il me reste. Les noix bien écrasées, le rouquin relâche sa prise et roule sur le côté avec un couinement. Les mâles purs humains partagent tous ce point faible et n'ont curieusement pas l'habitude de le protéger, supposant que leur adversaire sera trop poli pour s'y attaquer. Drôle d'idée. Je m'accroupis le temps de reprendre mon souffle. Un peu plus loin, à genoux, l'autre frère essaie de soigner ses yeux en les frottant vigoureusement avec ses jointures. J'en profite pour déguerpir. Au passage, je marche presque sur la petite tête rousse du garçon. Recroquevillé sur le trottoir, il pleure à chaudes larmes. Mon cœur vacille. De ma voix la plus douce, je lui dis que ses frères ne sont pas blessés, que tout ira bien. Il ne m'écoute pas. Il ne me voit pas non plus. Il regarde son cornet, qui accueillait naguère une superbe boule de crème glacée au chocolat, mais qui n'est maintenant qu'une gaufrette stérile et sans valeur. Entre ses espadrilles, au grand bonheur des fourmis, la beauté déchue fond lamentablement. Ce petit morveux prend vraiment la crème glacée trop au sérieux. Je lui tourne le dos et me remets à courir. Ou du moins ce que, dans mon état, je dois me contenter d'appeler « courir ».

16 : 56

Mon cœur bat à m'en casser les côtes. Je monte en un bond les marches de l'entrée du B.D.P. et je saisis la poignée à deux mains.

La porte refuse de s'ouvrir.

De l'autre côté de la vitre, un commis bossu me dévisage. Il tapote sa montre et puis tend son doigt osseux vers le haut, pour me montrer l'affiche où est écrit « On ferme à 17 heures ». À mon tour, je lui pointe ma montre et lui hurle qu'il est 16 h 56. Cin-quan-te-six, pas dix-sept heures ! Le bureaucrate, indifférent, se détourne et disparaît.

Du plus profond de mon crâne, la voix de ma mère résonne : « N'oublie pas que quand les fonctionnaires disent qu'ils ferment boutique à 17 heures, ça veut dire qu'à partir de 16 h 30, ils ne laissent plus entrer personne. Comme ça, ils sont sûrs de finir leur journée de travail à l'heure prévue, ou même avant. »

Elle m'avait mis en garde. Je ne l'ai pas écoutée. Je ne serai pas ingénieur. Rébecca ne voudra plus de moi. J'ai échoué.

Non ! Je ne peux pas l'accepter. Je me lance contre la porte. Une zébrure apparaît ; j'ai encore une chance. Je prends mon élan et je recommence. Ça fendille un peu plus. La vitre, et mon épaule aussi. J'ai le corps entier qui brûle. Qui élance. Qui veut céder. Mais je ne peux pas lui accorder le moindre repos. C'est cette satanée porte qui va céder. Je la frapperai autant de fois qu'il le faudra.

16 : 59

J'entre au bureau dans une explosion de morceaux de verre qui me talladent. Ça n'a plus d'importance. Je balaie la salle du regard.

Déserte. Ils sont rapides quand vient le temps de partir, ces maudits bureaucrates ! Je saute par-dessus le comptoir où se tenait la fonctionnaire à qui j'ai parlé cet après-midi. Ordinateur… stylos… téléphone… Ah, j'ai trouvé ! Un gros classeur avec des dizaines de dossiers remplis à ras bord. Mes doigts les parcourent frénétiquement et finissent par dénicher une pochette étiquetée « Demandes de prêts et bourses ». Je sors mes papiers de mon sac à dos, la main tremblante. Les documents ne paient pas de mine après la course folle qu'ils viennent d'endurer, mais ils sont lisibles. Je les dépose dans le dossier, devant tous les autres. C'est enfin terminé.

Ma demande est transmise.

Dans un coin de mon esprit naît un doute. Est-ce que ça sera valide, fait comme ça ? Est-ce qu'ils acceptent vraiment les demandes qu'on achemine soi-même en défonçant la porte après la fermeture ? Tout en y réfléchissant, j'arrache les éclats de verre de la plante de mes pieds. Oui, ça doit être admis. Il faut que ça le soit. Tous ces efforts ne peuvent pas avoir été vains. Ce serait injuste, impensable. Le papier est dans le classeur, à la date convenue. Qu'est-ce qu'ils peuvent bien vouloir de plus ? Je retire mon t-shirt et le déchire pour en faire des bandages sommaires. Voilà, ça devrait aller. À peine ai-je relevé la tête qu'une nouvelle vague de panique m'envahit : en chiffres rouges, la grosse horloge indique 17 : 11.

Je renfile ma veste, jette mon sac par-dessus mon épaule et me remets à trottiner en grimaçant de douleur. Pour éviter de marcher à nouveau dans le verre cassé, je bondis à travers ce qu'il reste de la porte. L'instant suivant, j'atterris au bas de l'escalier sans aucune souplesse et je m'oblige à entamer une course de plus. J'ai rendez-vous avec Rébecca à 17 h 30 et si j'arrive encore en retard, elle va se fâcher !

Emmanuel Delporte est écrivain et coordonnateur en simulation de la faculté de médecine de l'Université de Montréal.

Lauréat du prix Masterton du meilleur roman et de la meilleure nouvelle, il a commencé à se faire connaître du grand public avec *Vertigéo*, nouvelle de SF adaptée en bande dessinée chez Caster-man.

Autrefois, ici, des arbres poussaient

Emmanuel Delporte

KM 1

Foulée régulière, l'avant du pied touche le sol avant le talon, les genoux fléchissent puis se tendent, les muscles, tendons et articulations accomplissent une chorégraphie miraculeuse, parfaite et fluide, et qui semble pourtant banale. Les bras se balancent en équilibre afin de stabiliser le lourd vaisseau humain qui progresse à une cadence métronomique. Les poumons se remplissent et se vident, le cœur pompe, distribue, pompe, distribue, accélère pour satisfaire la demande croissante du corps en oxygène. Deux inspirations, trois expirations, c'est une locomotive que rien n'arrête.

Depuis deux ans qu'il court, cet équipage connu sous le nom d'Aaron Swartz, quarante ans, en a accumulé des kilomètres. Deux ans à courir, à s'astreindre à l'activité favorite des êtres vieillissants et de ceux ou celles qui ne supportent plus de prendre du bide.

Avant de chausser ses baskets, Aaron s'échauffe sur sa terrasse : musculation, des pompes par séries de vingt. Il s'est d'abord arrêté à une série, puis est passé à deux, trois, quatre, avant d'atteindre puis de dépasser les cinq. Tous les jours, qu'il neige, qu'il pleuve, que la chaleur l'écrase, rien ne l'arrête : cent-soixante pompes, cent squats, cinquante dips, vingt kilomètres. Aaron Swartz a perdu son ventre mou et gagné des bras, des pectoraux et du souffle. Il a arrêté de fumer, il mange équilibré, des fruits et des légumes, des jus de toutes sortes, des algues, des fruits de mer. Il n'avale plus de viande, ou alors rarement, préfère les noix de cajou, le boulgour, le quinoa et les lentilles. Pourquoi s'astreint-il à cela, alors qu'il serait plus facile, voire plus logique, de se laisser mourir ? Il n'en sait rien lui-même. Ce comportement est tout aussi absurde que l'existence elle-même.

Il a réalisé, grâce à ces efforts, que les membres de son équipage sont interdépendants, tout comme jadis les arbres profitaient de la Terre et la Terre profitait des arbres. Les uns et les autres s'épanouissaient à travers un cercle vertueux. Du moins, c'était resté vrai tant que des arbres poussaient.

Bien entendu, aujourd'hui, les choses ont changé.

KM 2

Il suit toujours le même parcours, n'en dévie qu'à de rares exceptions. Ce n'est pas qu'Aaron Swartz aime la routine. En fait, c'est plutôt l'inverse. Il passe pour un original et un excentrique, mais un authentique. Un faux-jeton porterait des baskets orange et se décoifferait avec science, usant de toutes sortes d'artifices pour montrer à tous à quel point il est original. Aaron ne triche pas. Il exhibe toujours des chaussettes, voire des chaussures dépareillées parce qu'au moment de s'habiller, son esprit se tourne vers autre chose. Les arbres, le plus souvent. Parfois, il pense aussi aux oiseaux. Ou alors, au bruit du vent lorsqu'il soufflait à travers les feuilles des frênes. Ou bien aux parures de l'automne, lorsque la nature explosait dans un magma rouge, orange et jaune. Souvent, Maika, Timothée et Clara surgissent sans qu'il le veuille. La course à pied constitue son unique rempart contre la folie et la destruction.

Sa coiffure n'a aucune structure parce qu'il ne se coiffe pas. Il n'y pense pas. Il oublie toujours un dossier, ou des papiers, un permis quelconque, en bref, on le qualifie de tête en l'air ou d'hurluberlu, on se moque de lui. Mais il s'en fiche. Parce que tous les jours, il fait ses pompes, ses squats, ses dips, court vingt kilomètres et oublie dans la douleur et la sueur les cris des arbres morts et son passé ravagé.

KM 3

Le circuit qu'Aaron répète chaque jour consiste en une boucle de vingt kilomètres, faite de quelques passages sur le bitume, mais essentiellement de sentiers de terre cabossés et autrefois forestiers, dont la monotonie s'entrecoupe de quelques montées. À certains endroits névralgiques, il croise des grappes de jeunes, des pré-ados qui jouent aux grands, qui le regardent passer et lui crient des insultes et des grossièretés auxquelles il ne prête aucune attention. Il calcule leur âge et sait qu'ils n'ont pas assez vu la couleur d'une feuille pour s'en souvenir, qu'ils n'ont jamais risqué une fracture en tentant d'escalader un pommier ou un cerisier. Leur monde est une verticale de béton qui donne le vertige. Les minots ont l'habitude des angles rugueux faits de sable et d'eau, des constructions grises et monotones qui occultent les rares rayons de soleil, mais Aaron, lui, ne parvient pas à s'y faire. Il n'y a que l'endorphine qui peut lui faire oublier ces images fanées, une persistance rétinienne malheureuse, des taches vertes qui le hantent.

En deux ans, le monde a beaucoup changé. À moins que ce soit lui qui ne voit plus les choses de la même manière. Ces deux vérités se télescopent et le détruisent à petit feu. Il sait qu'il ne survivra pas à la prochaine décennie. Les minots vont grandir et, un jour, prendre les rênes du pouvoir. Ils ont développé une accoutumance au gaz carbonique et aux phtalates, et se sont révélés dans la violence et la haine. Les gens comme lui, ceux qui se souviennent, ne présentent aucun intérêt, ils sont bons pour la casse, des poids morts, des charges inutiles. Pire que ça, ce sont des nuisibles. Personne ne veut plus lire les récits déprimants d'un monde oublié, aussi vieux pour ces jeunes que l'était l'Antiquité ou le Moyen-Âge pour lui quand il avait leur âge. Personne ne supporte que l'on parle du soleil, du ciel bleu, des océans et des pôles, des forêts et des vastes prairies, de tout ce qui n'existe plus.

Deux ans plus tôt, Aaron Swartz écrivait. Il connaissait même un certain succès. On publiait ses romans et ses nouvelles, l'écriture constituait son remède contre toutes les maladies de la vie : la jalousie, la rancœur, les regrets, les remords. Le futur avait eu sa peau, ce qui ne manquait pas d'ironie pour un écrivain de science-fiction.

Ce qui s'est passé, il l'a vu venir. Ils l'ont tous vu venir. Mais aucun d'entre eux n'avait imaginé que ça se produirait si vite, et personne ne s'y était vraiment préparé.

KM 4

Aujourd'hui, Aaron Swartz n'écrit plus. Il court. Le culte du corps a remplacé celui de l'esprit, puisque l'esprit n'intéresse plus personne. Réfléchir, lorsque l'avenir n'a plus de sens, fait trop mal à la tête. Les gens préfèrent ne penser à rien. Ils y ont été accoutumés. Des décennies de télévision et de loisirs stupides les ont conditionnés. Les réécritures successives de l'histoire ont effacé jusqu'aux origines de l'humain. Babylone, Rome, Athènes,

Sparte, tout a été annihilé dans un hiver nucléaire mental. Il ne reste que la certitude d'être surhumain, d'avoir une destinée supérieure, de constituer l'élite. Aaron s'est toujours méfié des élites, sans trop comprendre pourquoi. En avalant les kilomètres, il a enfin compris.

Les élites transforment le bleu, le vert et le jaune en gris et en noir. Les élites, à force d'être convaincues de leur toute-puissance, s'aveuglent face au pouvoir qui les ronge et les vide de leur substance. Les élites conduisent au fascisme. Rien de neuf depuis Platon, si ce n'est que les outils de destruction sont devenus plus efficaces.

Aaron court, et chaque vibration qui remonte depuis la plante de ses pieds jusqu'à ses paires crâniennes lui rappelle les innombrables séismes qui ont abouti au grand effondrement.

Aaron Swartz ne s'appelle pas comme ça, en vérité. Il a changé de nom. Il a déménagé. Il prend bien garde à ne plus rien écrire, ni publier. Il vit avec la hantise qu'on le reconnaisse, que quelqu'un, quelque part, fasse le rapprochement. Il n'y a que l'effort musculaire qui lui permet d'oublier ses peurs. Qu'on le traite de type « fantasque », « d'excentrique » ou de « farfelu », il s'en fiche pas mal. Ça vaut mieux que de prendre une balle dans la tête. S'ils le croient stupide, ils ne le soupçonneront pas d'être capable d'écrire.

Alors, il court.

KM 5

Le grand effondrement a débuté sous ses fenêtres. Il a toujours trouvé ça étonnant, il avait imaginé que cela se passerait dans un pays lointain, sur un autre continent, sur le théâtre d'une de ces guerres incessantes.

Aaron vivait avec sa famille dans une petite maison, dans un petit lotissement, dans un petit village, près d'une petite ville située dans un petit pays, qui faisait partie d'un petit continent sur une petite planète perdue dans l'infini du cosmos. Il écrivait, sa femme Maika travaillait, leurs deux bambins grandissaient. Un chat, Barjavel, partageait leur foyer. Ils n'avaient rien de particulier. C'est du moins ce qu'ils avaient cru.

Un jour, alors qu'Aaron Swartz travaillait sur un roman, il entendit un bruit qu'il détestait, qui l'épouvantait : celui d'une tronçonneuse. D'une poussée du pied, il fit rouler son fauteuil jusqu'à la fenêtre. Ce qu'il vit lui *glaça le sang*, comme il l'écrivait lorsque ses personnages assistaient à une scène épouvantable.

Le crime se perpétrait sous ses yeux, à quelques mètres à peine. Au fond de son jardin exposé plein sud, une longue rangée d'arbres s'étendait sur vingt mètres. Il y en avait une trentaine, hauts de plusieurs mètres, vieux de plusieurs décennies, des chênes, des noisetiers, des hêtres, des frênes, des bouleaux. Ils se faisaient massacrer sans procès ni préavis, rasés à la base de leurs troncs silencieux. Aucun d'entre eux n'avait commis le moindre forfait, rien qui pouvait justifier un tel sort. Ils constituaient un rempart, ce qu'Aaron et Maika appelaient « leur muraille végétale », « leur écrin de verdure », qui les protégeait du bruit et du vent. Ces arbres hébergeaient de nombreux oiseaux qu'ils appréciaient observer au petit matin, des pics verts, des pigeons, des tourterelles, des pies. Ces arbres résumaient leur état d'esprit, condensaient leurs espoirs, leur servaient de repère.

Impuissant, Aaron se sentit suffoquer. Une boule gagna son ventre. L'angoisse le tira vers des souvenirs douloureux, ceux d'une enfance durant laquelle il avait compris qu'il voyait le monde avec une sensibilité que ses camarades ne partageaient pas. Il avait été l'un des seuls à voir l'émergence de l'ordre nouveau comme un processus anxiogène. Les chemises noires, les troupes d'enfants bien rangés, alignés en colonnes, le pétrifiaient. Les acclamations de la foule l'horrifiaient, sans qu'il comprenne trop pourquoi. Il s'était imaginé que lui et sa famille resteraient à l'écart de cette société qui réclamait de l'autorité, qui exigeait que tout soit net, propre, bien calibré. Ses illusions s'écroulaient en même temps que les troncs qui avaient résisté à tant de tempêtes. Aaron Swartz comprit ce jour-là qu'un cycle se terminait, que cet ordre nouveau les avait rattrapés, et que ce qui était mort ne pouvait revenir à la vie.

KM 6

Le long de son circuit, Aaron croise parfois des groupes d'enfants qui se rendent à l'école. Bien rangés, en uniforme noir et blanc, silencieux et calmes, grâce en soit rendue à l'industrie pharmaceutique. À son époque, pour le petit-déjeuner, il avalait un bol de chocolat au lait et des tartines au beurre. Aujourd'hui, les gamins mangent une ration standard de céréales F2 agrémentée d'un panaché de gélules multicolores qu'ils appellent leurs « bonbons ». La Ritaline de son époque lui semble une gentille molécule, en comparaison. On est passés à la vitesse supérieure. Les bambins tournent aux inhibiteurs de comportement qui lessiveraient un psychotique en crise. Leurs yeux vides fixés sur un horizon qui n'existe plus, ils marchent sans jamais dévier de leur trajectoire, sous le regard satisfait des institutrices. Direction la salle de classe, où on leur bourre le crâne d'anti-histoire, de sciences inexactes et d'absence littéraire. Enfants d'un monde rachitique, ils cultivent un savoir antinomique transmis par des professeurs amnésiques. Lorsqu'il les croisait, Aaron courait, se concentrait sur sa foulée, s'efforçait de chasser les pensées qui le submergeaient et qui menaçaient de faire craquer les digues érigées depuis deux années. Deux ans, c'est parfois long, c'est le temps que met un nourrisson à devenir plus qu'un enfant, celui que met un arbre à croître, à plonger ses racines en profondeur dans la terre. Il ne veut pas les voir, ces petits visages austères qui annoncent un futur glacial et insensible. Il ne veut pas se souvenir de ses propres enfants, Timothée et Clara. Alors, il court et écoute les battements de son cœur, son souffle régulier, oubliant le soleil, les arbres, les livres, les cris d'enfants et la gentille anarchie de son ancien univers, tout ce qui avait valu la peine de continuer à vivre.

KM 7

Personne n'a levé le petit doigt pour les aider, personne ne s'est offusqué. C'est plutôt l'inverse qui s'est produit : on les regardait en biais, on murmurait dans leur dos, toutes sortes de rumeurs désagréables ont couru sur leur compte. Ce n'était que des arbres, pas de quoi faire un tel scandale ! Ces gens avaient acheté leur terrain, ils en étaient propriétaires, les arbres poussaient dessus, ils leur appartenaient, donc, ils en faisaient ce qu'ils voulaient, l'histoire n'avait pas à aller plus loin. Les juges les déboutèrent, les journalistes s'en fichaient, leur famille et leurs amis leur dirent qu'ils exagéraient. Leurs nouveaux voisins n'étaient pas contents qu'ils aient fait un tel esclandre pour quelques bouts de bois. Ils ne manquaient jamais de leur rappeler qu'un jour, ils leur feraient payer tous ces désagréments, ces mois de recours devant les tribunaux, ces frais de justice, l'ulcère de madame, la tension artérielle de monsieur.

Ils se plaignaient dès que Timothée et Clara jouaient dehors, dans leur jardin nu et sans âme, à cause du bruit qu'ils faisaient.

« Oui, les enfants font du bruit, rétorquait Maika, c'est ce que font les enfants, ils jouent et ils crient, ils rigolent et ils s'amusent.

— Vous n'avez jamais entendu parler des gélules multicolores ? leur lançaient leurs voisins. Vous êtes des sauvages ! Collez-les devant les écrans et bourrez-les de pilules, comme font les autres parents, et qu'ils nous foutent la paix ! »

Ils mesuraient les branches des végétaux d'Aaron et Maika pour être certains qu'ils ne dépassaient pas les limites légales, et ils les menaçaient de toutes sortes de tracas.

C'est à peu près au même moment que la maladie s'était déclarée. Le monde des hommes, à cet instant, se tenait en équilibre instable au bord d'un gouffre menaçant, où le réchauffement climatique incontrôlable les menaçait de la chaleur de l'enfer, où les injustices et les inégalités provoquaient souffrances et rancœurs. Mais la maladie, personne ne l'avait anticipée.

KM 8

Quelques mois après la coupe sauvage des arbres, la pensée critique n'était déjà plus qu'un lointain souvenir, et on trouvait de moins en moins de livres. Les maisons d'édition fermaient les unes après les autres, tout comme les librairies. Les bibliothèques ne touchaient plus de subventions. On ne fabriquait plus assez de papier. Les écrivains se trouvaient accusés de jeter le trouble et de semer la confusion dans les esprits. Les nouveaux penseurs, historiens et théologiens ne toléraient pas que d'obscurs scribouillards exposent des théories absurdes à propos de Newton, Einstein ou Darwin, des noms oubliés.

On regardait Aaron de travers depuis qu'il avait causé du tort à ses nouveaux voisins, et la méfiance et la suspicion ne faisaient que s'amplifier. Maika était victime de rumeurs dégoûtantes. Timothée et Clara rentraient de l'école en larmes, harcelés et intimidés par leurs camarades avec la bénédiction du directeur.

Un soir, alors que Maika ruminait de sombres pensées et que les enfants dormaient d'un sommeil agité, Aaron remarqua que d'autres arbres, situés plus loin dans le quartier, présentaient un aspect bizarre. Leurs branches ployaient de manière grotesque, leurs feuilles arboraient une teinte sombre et leurs troncs se fissuraient. Aaron sortit de chez lui pour voir ça de plus près, pour constater, avec épouvante, que les arbres pourrissaient sur pied. Il fit le tour du village. L'étrange maladie s'était propagée à tous les arbres. La mairie étant fermée, il prit sur lui d'attendre le lendemain et effectua des recherches. Il ne trouva rien à propos de ce mal. Le matin le trouva effondré devant son écran allumé, les yeux rougis. Maika était déjà partie au travail et avait déposé les enfants à l'école. Il s'étira sous un ciel laiteux et désagréable, et ne put que constater, effaré et choqué, que les arbres étaient tombés. Tous. Là où ils se dressaient la veille, on ne voyait plus qu'une ligne d'horizon monotone, brisée ici et là par les toits des pavillons et les grues qui élevaient des immeubles.

KM 9

La nouvelle fit d'abord grand bruit, on en parla pendant un certain temps. Les spécialistes s'écharpèrent dans des débats interminables. Personne ne trouva de solution, la faute au manque de budget des instituts de recherche. Les prédicateurs religieux les plus fanatiques gagnèrent la bataille des idées en affirmant qu'il s'agissait d'un châtiment divin, pour punir l'homme de ses pensées impures, de sa tentative de création d'un paradis artificiel, des idées de liberté, d'égalité, de ces principes moralement désastreux que représentaient les LGBTQ+, la monoparentalité, la reconnaissance des minorités ou la défense des réfugiés.

Aaron Swartz ne souffrait plus seulement de regards en biais. À présent, il faisait face à une hostilité décomplexée. Une couche de nuages impénétrable recouvrait le ciel de l'aube jusqu'au crépuscule, ne se dégageant que le temps de quelques nuits miraculeuses, lors desquelles la famille de l'écrivain s'installait dans le jardin pour admirer les étoiles. Mars et Jupiter tournaient toujours, la Voie lactée brillait. La famille observait les astres en silence, se projetait dans des infinis de temps et d'espace. Aaron en oubliait la perte des arbres, les regards mauvais, le harcèlement, les actes de violence recensés un peu partout, comme un fléau incontrôlable, un grand incendie attisé par le vent de la haine.

Au final, on se désintéressa vite des arbres. Oui, ils étaient tous morts, frappés par une maladie inconnue et fulgurante, mais c'était l'expression d'une volonté supérieure à laquelle personne ne pouvait s'opposer. N'avait-on pas compris le message, cette fois ? Existait-il encore des fous et des folles qui contrariaient les puissances supérieures ? C'est à cette époque que les autorités du nouvel ordre instituèrent les grands autodafés qui aboutirent à la destruction de la plupart des livres. Aaron Swartz songeait au roman *Fahrenheit 451* et ne pouvait que constater que la science-fiction avait vu juste, une fois de plus, une fois de trop. Il avait toujours considéré que la science-fiction, lorsqu'elle s'intéressait au futur pour dénoncer les injustices du présent, devenait un genre majeur et essentiel. Il en avait à présent la preuve, mais ne pouvait la partager avec personne. La vérité ne lève que rarement l'enthousiasme, plutôt le déni, quand ce n'est pas le rejet pur et simple.

KM 10

La terreur prenait la couleur noire, ou brune, ou grise. Des tons dénués de chaleur, de tout ce qui faisait de l'humain une créature lumineuse et de sa planète le berceau de la vie. Aaron Swartz rêvait en vert et bleu, en jaune et magenta, tandis que le monde autour de lui perdait toute nuance et toute clarté. Les chemises des miliciens et des membres du Parti du nouveau changement étaient noires, avec des liserés marron. Aaron était stupéfait de constater avec quelle aisance l'histoire se répétait, presque point par point, comme un conte qu'on répète à un enfant qui l'oublierait le matin venu et demanderait à le réécouter. La répétition n'avait rien de comique, mais tenait plutôt du tragique. Les victimes étaient innombrables : les gays, les progressistes, les penseurs, les philosophes, les écrivains, les réfugiés, les laissés-pour-compte, handicapés, stigmatisés, racisés, tous égaux face aux brimades, à la violence, à la barbarie.

Aaron lisait un conte à Timothée et Clara, à la lueur d'une lampe tamisée, lorsque leurs voisins donnèrent une grande fête. Maika participait à une réunion de parents d'élèves. Elle n'avait pas renoncé à la lutte et défendait les principes d'inclusion, d'empathie et de bienveillance, se heurtant à peu près à tout le monde. Mais elle se montrait déterminée. Puisqu'elle s'était fait renvoyer de son travail pour avoir refusé le changement de poste dégradant que la direction avait tenté de lui imposer, elle avait du temps et de l'énergie à revendre.

Tout en faisant la lecture, Aaron gardait un œil sur la fiesta, s'inquiétant de voir autant de chemises noires danser, vociférer et s'imbiber d'alcool. Tous des coupeurs d'arbres, partisans du Nouvel ordre et défenseurs des théories de fiel que l'être humain adorait s'injecter à doses régulières dans les veines, comme un camé qui s'empoisonne. Aaron termina l'histoire. Il embrassa ses enfants sur le front, remonta les couettes sous leurs mentons et les regarda s'endormir, paisibles, sereins. Il s'attarda sur leurs visages doux, leurs petites mains accrochées à leurs doudous, l'innocence et les promesses personnifiées. Puis il redescendit au salon, se tourna vers la baie vitrée et poussa un cri de surprise et de terreur.

Dix visages le scrutaient. Dix visages qui flottaient au-dessus du col de leurs chemises noires, dix visages dont les yeux brillaient de l'éclat pur de la violence.

KM 11

Le onzième kilomètre est celui du retour. La boucle d'Aaron le ramène en direction de son logement. Le point de basculement est un chêne centenaire qui se dresse en bordure d'un chemin secondaire, une piste en terre qui est depuis peu recouverte de graviers. C'est le dernier arbre qui existe dans le monde connu. Pourquoi et comment celui-ci a survécu, Aaron Swartz n'en sait rien, personne ne le sait. En vérité, tout le monde s'en fiche. Aaron se demande même si les gens se souviennent de la disparition des végétaux. L'humain est parvenu à s'affranchir de sa condition en se débarrassant de tout ce qui le reliait à la terre : les arbres, les cours d'eau, les étoiles. L'eau est devenue un objet de consommation dont la propriété et l'exploitation appartiennent à de grands groupes industriels. Les étoiles ne brillent plus, masquées par la pollution, les nuages gris, et les lumières des cités qui ne s'éteignent jamais. La richesse et la croissance sont les médiums privilégiés des escrocs qui ont fait croire à tous que le bonheur viendrait de l'accumulation de biens matériels, de maisons plus grandes, de vêtements plus chics et de voitures plus puissantes. Aaron Swartz est persuadé qu'ils ont peur. Peur de perdre leurs biens, peur de posséder moins demain qu'aujourd'hui, peur de ne plus gagner, peur d'être jalousés. Cette peur, irrationnelle et schizoïde, a déferlé sur les esprits de la masse et l'a contaminée. Les richesses, au lieu de libérer les humains, les ont enfermés et poussés à se replier sur eux-mêmes. Aaron aurait trouvé absurde de s'exclure du champ humain, même si de fait, il en est devenu un paria. Il aurait dû anticiper tout cela, le prévoir, et à défaut de l'empêcher, il aurait dû être capable de protéger sa famille. Il s'était déjà jugé et ne s'était jamais pardonné.

Il a baptisé le vieux chêne, comme c'était l'usage pour les arbres anciens et vénérables. Il l'a appelé *Yggdrasil*, du nom de l'arbre cosmique des légendes scandinaves, un arbre qui reliait les mondes célestes, terrestres et souterrains.

À chaque fois qu'il atteint le kilomètre onze et qu'il en fait le tour, il adresse à Yggdrasil une prière silencieuse et l'assure de la bienveillance de certains humains.

Peut-être est-il devenu fou, il n'en sait rien. Le propre de la folie, c'est qu'on ne s'en rend pas compte.

KM 12

Ces dix visages flottant devant sa baie vitrée sont le dernier souvenir sensé qu'Aaron Swartz conserve de la réalité. Tout le reste, depuis, ressemble à un cauchemar qui s'étire sans fin, un marathon sans ligne d'arrivée. Ces dix visages flottent devant son regard en permanence. Il vit avec eux, dort avec eux, mange avec eux, s'essuie le derrière sous leurs regards haineux.

Maika n'est jamais revenue de sa réunion. Il n'a jamais su ce qui lui était arrivé, mais son imagination d'écrivain et sa connaissance des heures sombres lui suffisent à établir une liste des scénarios possibles.

Il a essayé de les empêcher d'entrer. Lorsqu'ils ont tapé contre la baie, d'abord à coups de poing, puis avec des barres en fer, il a tout fait pour défendre son territoire. Mais c'était inutile. Un homme seul ne peut rien contre la meute. Voyant que la baie allait céder, Aaron s'est rué à l'étage, prenant ses enfants épouvantés dans ses bras, poussant des cris d'animal pris au piège, tout n'était plus qu'un tourbillon. Les émotions créèrent en lui un brouillard impénétrable, il se souvient à peine des coups qu'il a donnés, et de son bras fracturé, puis de la meute qui s'est emparée de la chair de sa chair et l'a brisée, sous ses yeux, à coups de barres de fer, avant de se retirer comme le fait la marée, après avoir dévasté les rivages connus et dessiné de nouveaux territoires, vierges de tout espoir.

KM 13

Aaron Swartz comprend que cette fois-ci, il ne bouclera pas son circuit. Alors que le ciel gris se marbre de veinules noires, annonciatrices d'un orage tonitruant, sa foulée régulière le conduit droit vers un attroupement. Une trentaine de personnes vêtues de chemises noires et brunes l'attendent. Il ne change pas de direction, il ne ralentit pas sa course ; ça ne servirait à rien. Ils l'ont retrouvé. Il savait depuis longtemps que ce jour finirait par arriver. Ce n'est peut-être pas plus mal. Il n'a plus la force de se battre.

Il est tout de même surpris de retrouver son ancien voisin à la tête de cette bande de brutes. Il ne pensait pas ces tyrans dotés d'une telle résolution, et constate que c'est une nouvelle erreur de sa part. Il a eu tort de sous-estimer les capacités d'autodestruction et d'abêtissement de ses congénères, cherchant par tous les moyens à les dédouaner et à les excuser. Il n'existe en vérité aucune excuse à la bêtise et à l'ignorance. Du moins, tant qu'il existait des bibliothèques et des universités. C'est un peu moins vrai aujourd'hui que les écoles se sont transformées en laveries de cerveaux. Mais autrefois ?

Ici, autrefois, des arbres poussaient. On trouvait des livres, et il n'y avait aucune excuse pour ne pas admettre que nous nous étions trompés et qu'il fallait changer notre façon de vivre.

À sept kilomètres de l'arrivée, Aaron Swartz s'est arrêté, contraint et forcé. Essoufflé, il écoute son ancien voisin, celui-là même qui avait assassiné ses enfants, dévoiler à sa bande l'identité réelle du joggeur. Un agitateur coupable du crime le plus monstrueux qu'on puisse imaginer, celui de jeter le trouble et la confusion dans les esprits qui, fragilisés par la crise, avaient besoin d'être rassurés, encadrés par des règles strictes, protégés par des murs, des barrières et des frontières. Aaron ne proteste pas, ne tente pas de se défendre, il les laisse lui attacher les mains dans le dos et le conduire au pied d'Yggdrasil. Majestueux et insouciant, l'arbre survivant se dresse toujours à l'assaut du vent.

La foule se fait plus imposante et murmure, satisfaite de la sentence qui va s'appliquer sur-le-champ à ce traître. L'un des miliciens enroule une corde de chanvre sur l'une des branches du chêne. L'autre extrémité, arrondie et fermée d'un nœud coulant, son ancien voisin la lui passe autour du cou ; Aaron peut voir ses yeux briller de contentement. Il ne fait rien de mal. Sans doute est-il même persuadé d'agir bien. Le bien et le mal sont des concepts malléables et inconstants, dont le caractère volatil explique la plupart des malheurs du monde.

On lui demande s'il a quelque chose à dire. Aaron secoue la tête. Il n'a rien à déclarer. Aucun mot ne pourra empêcher son exécution, ou reconstruire ce qui a été détruit. Sa femme, son fils et sa fille resteront morts, les arbres ne repousseront pas, les livres ne seront pas réécrits. Les mots n'ont plus aucun pouvoir, et avec eux, c'est l'humanité qui périt.

Du coin de l'œil, Aaron Swartz voit la tronçonneuse qu'un autre homme a apportée, et qui attend son heure d'entrer en scène. Yggdrasil, survivant de la maladie, disparaîtra en même temps que le dernier écrivain, annonçant un Nouveau Monde. Aaron ferme les yeux. Il sent qu'on le hisse, centimètre par centimètre, et que sa mort ne sera pas brève, mais lente et difficile, sous les vivats de ces quelques spectateurs. Le nœud se resserre autour de son cou. Il ne trouve plus d'air et sent la mort approcher. Il n'a pas peur. C'est pour cela, au fond, qu'ils le tuent. Son absence de peur les effraie, ces hommes terrorisés par les ombres des hautes cimes.

Il décompte les kilomètres qu'il a parcourus, partant de vingt et remontant le fil de son existence, se raccrochant à ce qu'il y a de tangible, son pas qui entre en contact avec la terre qui les a vus naître, les humains et les arbres.

Foulée régulière, l'avant du pied touche le sol avant le talon, les genoux fléchissent, se tendent, muscles, articulations et tendons accomplissent une chorégraphie miraculeuse, si parfaite qu'elle semble acquise, normale. Les bras se balancent en équilibre afin de stabiliser le lourd vaisseau humain qui progresse à une cadence métronomique, les poumons se remplissent et se vident, le cœur pompe, distribue, pompe, distribue, accélère pour satisfaire la demande du corps en oxygène. Deux inspirations, trois expirations, une véritable locomotive.

Aaron Swartz suffoque, mais ne veut pas leur offrir le plaisir de se repaître de sa souffrance. Car c'en est une. Tout son corps hurle et réclame de l'oxygène, ses jambes cherchent un appui, ses bras battent l'air, les cris et les quolibets fusent. Aaron se ferme à tout, parvient à mettre fin à son accès de panique et se remémore tout ce qu'il y a eu de beau, tandis que ses ultimes secondes s'enfuient. Avant de mourir, il a une dernière vision. Il se voit, debout, souriant, entouré de Maika, Timothée et Clara, tous les quatre, heureux, posant devant leur muraille végétale, leur écrin de verdure. Il sait alors que sa vie en a valu la peine, et que contrairement à tant d'hommes et de femmes, il peut affirmer :

Oui, il a été heureux.

Installé depuis plusieurs années sur l'île de la Réunion, **Anzala Peytoureau** consacre une partie de son temps à écrire des récits courts (science-fiction, fantastique et policier). Certaines de ces nouvelles ont étaient publiées dans différentes revues : « Le théâtre de la ruelle Murr » (*Malpertuis X*), « Nô » (*AOC n° 60*), « Le singe dans le labyrinthe » (*Le Nouveau Kanyar n° 1*), « Ciel noir, pas de lune, vent du sud » (*Le Nouveau Kanyar n° 2*, à paraître), ainsi que celles parues dans *Brins d'éternité*. Les thèmes de la réalité confrontés aux méandres des apparences y sont souvent abordés.

Désintégration harmonieuse de la mémoire

Anzala Peytoureau

Premier tableau : la trahison

— … sans parler de l'incohérence de votre précédent rapport, était en train de s'emporter son supérieur, Artiman Lo. Je l'ai là, sous les yeux. Vous y faites mention des cinq réalités virtuelles qui ont émergé dans les vingt dernières années…

— Quatre seulement, monsieur, rectifia mollement Tom. La cinquième, tout comme nos inunivers, existe maintenant depuis…

— Peu importent les détails, trancha-t-il. Je crois que vous ne mesurez pas l'ampleur de la situation où vous nous avez englués ! Nous allons reprendre votre fameux rapport point par point.

Sigimondo Tom hocha la tête, mais son esprit était déjà en route vers d'autres préoccupations. Il regarderait plus tard l'enregistrement de cette conversation effectué par son œil connecté, ou bien son double virtuel lui en ferait un résumé, ou la Conscience A de la maison. Peu importe.

Là, à cet instant précis, son attention se posa sur le tableau accroché au mur au-dessus de son bureau. L'hologramme de Lo continuait de parler, réaliste comme si l'homme était vraiment assis en dessous du tableau, et ce, malgré une teinte bleutée. Autour de Tom, des parois blanches, unies, une pièce vide à l'exception d'un plan de travail impersonnel, un tableau, un fauteuil où il rédigeait ses rapports et de grandes vitres… La peinture, signée Gustave Moreau, représentait Samson et Dalila avant la trahison. Le nazir endormi, sur les genoux de la femme, cette dernière tenant les ciseaux dans sa main gauche, le regard franc dirigé directement vers le spectateur, mais avec la tête penchée sur le côté.

Quelle ironie ! se dit Tom. Cette scène est sous mes yeux depuis tant d'années, comme une prophétie, sans que je m'en rende compte…

Son regard glissa sur la droite du tableau, où une immense baie vitrée laissait voir un océan vert tirant sur l'absinthe, battu par la pluie et les vents. Pola Rix, en cette saison, comme beaucoup de planètes-océans, cultivait les orages de haute altitude.

— … l'évolution de certaines technologies est suspecte, vous auriez dû vous en rendre compte. Sans parler de cette histoire de « Machine ».

— Le Rêve de la Machine…

— Oui. C'est grave. Très grave !

Tom repensait à son quotidien des dernières semaines, à sa femme, Sud, qui venait de le quitter, au vide que cette situation avait créé en lui. Aurait-il dû faire des efforts ? Modifier son apparence ? Il se savait dans la norme : commun, presque banal, les traits interchangeables avec n'importe quelle esthétique en vigueur sur la plupart des mondes se trouvant dans ce secteur d'Horizon. Un physique lisse, parfait. Inhumain ?

Il examina sa peine comme on étudie un insecte mort, en se demandant si elle allait continuer ainsi, aussi forte, aussi déprimante, le reste de sa vie. Il savait d'expérience que ça ne durerait pas, lui qui vivrait encore de nombreuses années, voire plusieurs siècles, et qui avait déjà vécu si longtemps. Tom avait pensé que les émotions s'atténueraient au fur et à mesure que le temps s'écoulerait. Quelle connerie ! Il en était à sa quatrième épouse au bout de huit décennies d'existence et la douleur se montrait identique à sa toute première désillusion. Sa déception accumulait les expériences comme on amoncelle des briques pour édifier un mur. Une phrase le sortit de son introspection :

— Nous savons qu'une forme d'intelligence synthétique a communiqué aux San-Sans l'existence d'Horizon.

— Qui ça ?

— C'est vous qui devriez nous le dire !

Tom essaya de se souvenir des faits notables rapportés par ses Sentinelles durant l'hiver. La surveillance de ce groupe d'humains nommé San-San, condamné par Horizon puis expatrié sur une planète privée, ne représentait qu'une petite part de sa tâche en tant qu'obscur salarié de la Fondation Orca, elle-même appartenant à la Mo-A Compagnie. L'essentiel du boulot consistait à mesurer les variations technologiques de ce monde archaïque pour que les quatre chercheurs de la Fondation et autres spécialistes en civilisations externes à Horizon puissent pondre des thèses que quatre autres chercheurs liraient. Qu'Horizon représente un agglomérat anarchique de milliers de mondes réunis sous certaines lois communes, dont celles du partage de l'information, accentuait l'absurdité de la situation.

Tom avait néanmoins conscience de ne pas avoir prêté grande attention à son travail ces derniers mois. Une dépression ? Il en doutait. Un ras-le-bol de la vie en général, de la sienne en particulier ? Peut-être. C'était la première fois qu'il ressentait un tel mal-être, comme une crispation au niveau de la poitrine et des maux de tête persistants. Sans compter le manque dont il avait l'impression de souffrir à chaque instant et les cauchemars éveillés qu'il subissait régulièrement depuis deux jours. Ces derniers s'articulaient en deux phases, l'une constituée de flashs décousus, l'autre du sentiment soudain d'être un usurpateur, une personne qui n'est pas à sa place et qui fait mal son travail.

— J'avoue ne pas savoir de quoi vous parlez, dit-il enfin à l'hologramme.

Tom se pencha vers le tiroir de son bureau et en sortit un réceptacle hermétique, une sorte de vase qu'il garda sur ses genoux. L'objet aux parois transparentes mesurait une trentaine de centimètres de hauteur.

— Je vais vous dire ce qui se passe, fit Lo d'un ton froid et inquiétant. Une entité extérieure est en train de s'introduire à votre insu dans nos réseaux et tente de réveiller les San-Sans pour une raison que nous ignorons.

Le fait que son supérieur soit en possession d'informations qu'il ignorait suggérait à Tom qu'un réseau de surveillance parallèle existait bel et bien. À mon « insu », évidemment, se dit-il. Il préféra ergoter :

— Quelle importance ont ces hommes ?

— Je ne sais pas, et je m'en contrefous, mais ce n'est certainement pas pour rien qu'ils ont été bannis dans le trou perdu dont vous vous occupez.

— AK210b n'est pas une prison.

— À partir du moment où l'on touche des fonds pour garder certains individus, elle le devient. Je vous accorde qu'elle n'est pas que ça.

Elle est surtout un musée, se dit Tom. Un sanctuaire, une réserve et une expérience qu'il faut préserver. Mais encore une fois, ses pensées s'envolèrent vers un visage, celui de Sud, son ex-femme, qu'il ne reverrait plus. Un visage ovale, ciselé par les us de la planète Caliipto. Il plongea son regard dans les volutes étranges qui se débattaient à l'intérieur du vase. Des volutes blanches, épaisses, se tordant sur elles-mêmes de façon extrêmement lente, donnant l'impression d'être solides. Il en restait si peu ! Il aspira une bouffée âcre, à la senteur caramélisée, comme brûlée. Cela apaisa momentanément son sentiment de manque, mais pas son mal de tête.

— L'image est toujours aussi mauvaise, remarqua Lo en fronçant les sourcils. Je vous vois à peine.

— Les orages magnétiques se font plus fréquents cette année puisque les hauts fonds se réchauffent alors que Pola Rix est encore en phase hivernale. La saison est perturbée par la troisième lune et l'antenne peine à recueillir tout cet apport énergétique. L'idéal serait que la compagnie me fournisse une deuxième antenne.

— À ce sujet, fit Lo en le regardant plus attentivement, comme s'il essayait d'apercevoir ses traits, un représentant de la compagnie va venir vous rencontrer. Ils s'inquiètent un peu, eux aussi, des derniers événements.

— Un holo ?

— Non, une personne physique. Un inspecteur assermenté, mais qui travaille néanmoins pour Atom, une filiale de Mo-A. Attendez-vous à lui faire faire une visite guidée. Il a obtenu, je ne sais comment, toutes les autorisations requises.

Second tableau : le meurtre

Tom attendait prudemment à l'abri des rafales en surveillant la navette en approche.

Le dôme en verre lui permettait de voir sur 360 degrés la mer en furie derrière les rideaux de pluie, des vagues vertes à l'infini sur le ciel gris anthracite. Seule une petite portion de nuage se faisait plus ténue au nord et laissait deviner une partie de la plus bleue des quatre lunes : Auro, la plus proche, celle qui régulait les marées et les orages, réfléchissait la lumière d'Omicron Cuiv. L'odeur des micro-organismes en décomposition portée par le vent, mélange de sodium et de métal oxydé humide, imprégnait l'atmosphère.

OC05m, planète-océan nommée communément Pola Rix, avait représenté un bon investissement pour la compagnie, aux jours où les planètes sauvages et inhospitalières avaient été à la mode. Avoir une maison au milieu d'un océan perpétuellement déchaîné était recherché par quelques personnes suffisamment riches pour se la payer, mais la mode était passée, et plusieurs « maisons » avaient été réaménagées en bureaux pour la Mo-A et divers autres groupes financiers d'Horizon, cherchant tous la discrétion, l'isolement.

La navette se posa enfin et Tom s'approcha, muni d'un champ d'isolement portatif qui le protégeait du mauvais temps. Une femme d'apparence plutôt jeune quitta le vaisseau en courant et pénétra le champ de force. Elle sourit et se présenta :

— Orsan Lune.

Tom ressentit un choc. La femme était sa quatrième épouse. Il ouvrit la bouche, puis la referma. Il se reprit. Quelques détails différaient : la couleur des pupilles, les petites rides au coin des yeux, l'absence d'éphélides sur les joues. Par quelle coïncidence lui envoyait-on un représentant de Mo-A ayant la même physionomie que Sud ?

— Sigimondo Tom, se présenta-t-il. Vous venez de Caliipto ?

— Mais, oui ! Vous connaissez mon monde, monsieur Tom ?

— Pas vraiment. Ma femme est originaire de votre planète et, par conséquent, je suis au fait de certaines subtilités liées à la culture de Caliipto.

— Comme les 2 442 Visages de la Vie de Litili ?

Tom acquiesça. Il connaissait la légende, muée en religion au fil des siècles, qui avait fait que tout un peuple choisisse de modeler son apparence physique afin de ressembler à l'une des 2 442 incarnations de Litili. Sa femme, et aussi l'inspectrice, par un hasard qu'il ne s'expliquait pas, avaient adopté le cinquième Visage de la trente-troisième Existence de l'être devenu messie, prophète ou dieu – les interprétations divergeaient – ou bien le numéro 995. Cela se traduisait par une figure d'une délicatesse austère, à la symétrie parfaitement ronde ou ovale suivant l'expression et les sentiments de la personne concernée. Une mélancolie subtile imprégnait parfois ces traits à la beauté formellement géométrique. Tom se sentit triste, subitement, tout en ayant envie de le dissimuler, de faire avec et de ne montrer de lui qu'un aspect irréprochable. Il lut les diverses autorisations que Lune lui procura, puis l'invita à le suivre.

Il la guida du toit de la villa en forme de tour oblongue jusqu'à la salle principale du niveau 3, les autres pièces étant dédiées aux archives, aux collections et aux machineries liées au monde AK210b, baptisé plus simplement Akka. Le niveau 1 abritait des bureaux abandonnés et le niveau 2, ses propres appartements. Le quatrième étage avait une disposition semblable au troisième, mais concernait la planète OB65t (Obey). Toute la structure reposait sur trois piliers en acier et en béton s'enfonçant sous la surface de la mer. L'architecte avait sans doute eu, en dessinant ses plans, l'idée d'un minaret ventru ou d'un donjon solitaire.

— Savez-vous pourquoi on m'a mandatée auprès de vous, monsieur Tom ? demanda Lune en jetant un coup d'œil rapide à la bibliothèque et aux diverses cartes holographiques d'AK210b.

Tom et son invitée s'assirent à une table nue près du demi-planisphère géant trônant au centre de la pièce. Une unité de nettoyage autonome, programmée par la Conscience A de la maison, glissa le long d'un mur.

— Pour Akka, sourit Tom.

— Pas exactement. Cette planète n'est qu'un numéro et une référence sur des bases de données pour la compagnie qui m'emploie. Nous ne savons même pas où elle se situe. Non, nous nous intéressons seulement aux San-Sans.

— Je vois.

— Vous devez savoir qu'on nous transmet une partie de vos rapports annuels, celle qui concerne les San-Sans. Les derniers ont été un peu laconiques et certains membres de la direction s'en sont préoccupés. Les San-Sans ne représentent pas un détail sans importance, même pour une entreprise de la taille de la nôtre. Ils sont dangereux.

— Je veux bien le croire puisqu'on a jugé bon de les exiler sur un monde sanctuaire.

— Oui… Il n'y a que vous qui ayez en charge AK210b, n'est-ce pas ?

— Exactement. Je m'occupe également d'une autre planète, Obey, qui est pratiquement déserte, mais qui bénéficie d'une faune et d'une flore impressionnantes.

Lune eut un sourire de pure forme et se leva. Elle fit le tour de la salle, regardant les cartes exposées et ouvrant un grand livre.

— Vous êtes le gardien de ces planètes, en quelque sorte.

— C'est cela. Je surveille, je m'informe, je fais des rapports et, parfois, je rédige des livres et produis des documents vidéo pour les membres de la fondation. Je m'occupe de la porte qui permet d'y entrer, mais vous devez déjà savoir tout ça.

— Oui… Cependant, la fondation Orca est une vieille institution très secrète, avare de ses connaissances. Vous n'imaginez pas les tracasseries administratives que mon service a dû endurer pour avoir enfin accès à votre tour d'ivoire… Vous résidez seul, ici ? Ça doit être dur de supporter la solitude. Mais, non ! Suis-je idiote ? Vous m'avez dit avoir une femme. Elle vit avec vous ?

— Nous nous sommes séparés il y a peu. Elle est retournée vivre sur Caliipto.

— J'en suis désolée.

— L'isolement des lieux a dû entamer son enthousiasme, sourit Tom.

— Oui. C'est une existence érémitique que vous avez là.

— C'est un choix. Certains millionnaires payent une fortune pour avoir une maison sur Pola Rix.

— Une maison secondaire, oui, mais demeurent-ils ici un temps significatif ?

Tom réfléchit. Il pensait aimer cette vie. Il aimait le calme. Il savait, également, pour être tout à fait sincère, ne tenir moralement et psychologiquement qu'avec le travail d'inspection d'Akka. Sans cette occupation, sans doute serait-il parti depuis longtemps lui aussi. Sans oublier la compagnie stimulante de Sud, bien sûr, avant qu'elle ne parte.

Lune examinait la bibliothèque.

— Vous avez des ouvrages sur les San-Sans ? demanda-t-elle.

— Non. Je suis juste habilité à les surveiller et à les citer dans mes rapports. Ils sont sous votre responsabilité, je crois ?

— Celle de ma compagnie, oui. Pas de la mienne en particulier. Que savez-vous sur eux ?

— Uniquement ce qu'on m'a autorisé à savoir : leur procès, puis l'exécution de certains et le bannissement des autres, le fait que les personnes et les peines de ces dernières aient été rachetées par Atom qui a sous-traité avec la fondation Orca pour qu'elles soient isolées sur une planète coupée du reste des mondes habités et d'Horizon… ce qui revient au même. Je sais aussi qu'ils ont une espérance de vie extrêmement longue et que leur mémoire a été en grande partie effacée.

— Qu'est-ce donc ?

Lune s'était arrêtée sous un modeste tableau accroché parmi plusieurs clichés de paysages désertiques. On y voyait une forme humaine un peu repliée, peut-être nue, aux cheveux gris et longs, aux yeux exorbités, d'une blancheur immaculée contrastant avec les ténèbres en fond, tenant un corps plus petit dans ses mains dont il mangeait la partie supérieure. Les corps, torturés, déformés, disproportionnés, tout en rouge sombre et ocre, rappelaient l'exposition nue de la viande à l'abattoir. La folie du regard suggérait, en reflet inversé, toute l'horreur de la scène : l'aliénation d'un tel acte était retranscrite dans l'expression de ce regard.

— C'est Cronos dévorant un de ses enfants.

— Terrifiant ! Une pratique commune sur Akka ?

— Non, ce n'est qu'une figure légendaire. Une sorte de titan, un dieu primordial.

— Comment avez-vous ce genre de toile ici ? Il n'est pas possible de ramener d'objets de là-bas, si je ne me trompe.

— J'ai fait faire une copie à partir d'une image tirée d'un enregistrement eidétique.

— C'est le cas pour toutes ces peintures accrochées dans votre maison ?

— Oui. Akka est tellement exotique !

Lune hocha la tête et continua de tourner dans la salle. Elle se pencha sur le vase rempli de la forme blanche évoluant au ralenti. Tom grimaça de dépit : comment avait-il pu oublier de ranger une chose aussi importante ?

— Et ça ? demanda-t-elle.

— Oh, un simple souvenir de voyage.

— J'ai l'impression d'avoir déjà vu une telle chose… Mais je ne me rappelle plus où…

Tom se leva rapidement et dit, d'un ton maîtrisé :

— Vous vouliez visiter la salle du Pont et de la Sphère ? Je vais vous y conduire.

— Oui, et me rendre sur Akka, également, si c'est possible. Il me faut vérifier que les San-Sans sont toujours sous contrôle visuel, que nous pouvons savoir ce qu'ils font et où ils sont, du moins… Mais, je n'arrive plus à me connecter à ma compagnie !

— C'est normal. L'orage magnétique est au-dessus de nous. Les communications reviendront bientôt… Par ici, je vous prie.

Une sphère noire en suspension au-dessus d'un cube olivâtre occupait le centre de la pièce. Celle-ci, sans aucune fenêtre, de forme ronde, se situait au cœur de la maison et n'était accessible que par une succession de quatre portes blindées laissées ouvertes par insouciance puisque très peu de personnes avaient connaissance d'Akka. Huit sièges inclinables et lourdement élaborés entouraient le cube, tournés vers l'extérieur. Quelques traces de rouille et d'oxydation piquetaient les parties métalliques de la structure. Tom s'excusa pour l'aspect vétuste du matériel en expliquant que malgré des composants récents, l'atmosphère corrosive de Pola Rix abîmait tout plus vite qu'ailleurs. Il énuméra ensuite les avantages d'une installation faussement avant-gardiste, plutôt classique somme toute. Le Pont représentait la salle d'où l'on s'installait pour effectuer le « voyage » à travers la Sphère, et celle-ci, l'instrument qui reliait un endroit physiquement probable à une non-localité intriquée.

Lune tourna autour des sièges et examina les quatre « cercueils » empilés contre le mur du fond, sortes de sarcophages horizontaux en alliage bardés de connexions. Elle demanda :

— Ce sont les matrices d'accueil ? Vous transférez beaucoup d'autochtones d'Akka ?

— Aucun depuis que je suis en poste, fit Tom en espérant qu'elle ne vérifie pas l'intérieur des caissons, mais sans se rappeler pourquoi. La procédure sanitaire impose ces installations, mais, vous savez comment ça se passe, les lois sont là pour rassurer, pas pour être en phase avec la réalité.

Lune fronça les sourcils et Tom se mordit la lèvre. Il avait commis une faute de familiarité avec un représentant de la bureaucratie gouvernementale qui devait appliquer les législations à la lettre, comme l'exigeait son rôle. Le fait qu'elle travaille pour une entreprise affiliée à Mo-A Cie ne la rendait pas plus souple avec les directives ministérielles pour autant. Et la ressemblance entre elle et Sud ne l'aidait pas. Confus, il continua :

— Mais le reste du procédé demeure le même : on transite par un inunivers relié à une réalité virtuelle de la planète, d'où l'on s'échappe ensuite pour passer directement au monde physique de ladite planète.

— Il y a des corps d'accueil sur Akka ?

Encore une fois, Tom hésita. Que pouvait-il lui dire ? Dans quelle mesure était-elle au courant de la liberté d'interprétation des règles que s'autorisaient les grandes compagnies sur Pola Rix ? Puis, il se rappela que la jeune femme était payée, malgré tout, par une société appartenant à Mo-A. Dénoncer Orca, la fondation de cette dernière, revenait à se tirer une balle dans le pied.

— Nous utilisons des hôtes en perdition, principalement des drogués en train de subir une mort cérébrale durant leur Rêve…

— Je ne veux plus rien savoir à propos de tout ça, l'interrompit Lune d'une voix pressante. J'ai des obligations envers l'autorité judiciaire d'Horizon. Des lois sont passées. Même sur un trou abandonné comme Pola Rix, vous avez dû en entendre parler ! Les réceptacles biohumains sont formellement réglementés et je ne pense pas que vous ayez l'accréditation pour les employer.

— Non, bien sûr, admit Tom, sur la défensive. Il n'existe que cette alternative, malheureusement, dans notre situation, vous devez comprendre ça. Souhaitez-vous toujours vous rendre sur Terre ?

— Évidemment ! Si par « Terre » vous entendez AK210b, du moins.

— C'est le nom que les autochtones utilisent… Installez-vous où vous désirez. La conscience A de la salle, c'est-à-dire le Pont, a tout programmé. Cette machine n'est couplée que sur une réalité virtuelle d'Akka, de toute façon…

Tom détestait prendre ce ton puéril et bon enfant. Quand il se sentait en faute, cette intonation lui venait naturellement. Il se demanda si Sud l'avait remarqué, si ça l'avait énervée, comme cela le mettait hors de lui maintenant malgré son sourire affable, et si cela avait eu une incidence sur son départ.

Je ne voudrais plus être moi, par moments, se dit-il. Cela doit s'articuler de façon tellement évidente sur Caliipto : on veut changer de vie, alors on change de visage, on modifie son corps et l'on devient l'une des nombreuses existences de Litili en étudiant les textes sacrés liés à cette apparence. C'est si simple ! Comme si ma jeunesse avait été une vie à part entière que je pourrais revivre…

Tom désira se rappeler des moments de son enfance, mais n'y parvint pas. Ne lui vinrent que des bribes de souvenirs, comme des flashs : une rue étroite dans une ville sale et odorante, un homme qui marche devant lui et qui tourne à l'angle d'un bâtiment, toujours le même homme qui rentre dans une Maison des Portes…

— À quoi pensez-vous ? demanda Lune.

Tom sortit de sa rêverie avec un petit sursaut. Il se sentait un peu nauséeux, soudainement, avec le sentiment qu'il n'y arriverait pas.

— Je vais vérifier un détail et je reviens, se contenta-t-il de dire en s'éloignant dans le couloir. Choisissez un siège et détendez-vous.

Il parvint rapidement à la bibliothèque, en proie à des vertiges passagers et à un doute persistant. Il s'empara du vase renfermant les volutes blanches et aspira une longue bouffée de la substance en suspension. Cette dernière avait quelque peu diminué dans son récipient et Tom s'en désola. D'un autre côté, il se sentait mieux et se souvenait plus clairement de son enfance. Ce qui ne lui servait à rien... Il se concentra sur l'instant présent et se rappela la visite guidée.

Il revint où l'attendait la jeune femme et constata que celle-ci, le regard absent, essayait sans doute de se connecter au réseau de sa navette. Elle maugréa contre l'orage et abandonna.

Son visage devient plus sombre qu'à son arrivée, ressemblant de plus en plus à celui de Sud. Y a-t-il un motif caché à m'envoyer un sosie de mon épouse ? se demanda-t-il. Cela peut-il n'être qu'une coïncidence ?

Tom invita Lune à le suivre vers la sphère. Il fit un détour vers les unités d'accueil, se souvenant de la gêne ressentie quand la jeune femme les avait évoquées, et vérifia les fermetures des sarcophages. Les trois premières ne présentaient aucune anomalie, mais la porte de la quatrième ne fonctionnait plus, comme si on l'avait forcée. Il entrouvrit le panneau supérieur et vit, l'espace d'un instant, le visage d'un homme, les pupilles vides, inerte, mort, du sang coagulé ayant coulé de ses yeux ouverts. Il referma aussitôt le panneau, cherchant dans sa mémoire la raison de ce corps sans vie à la place de l'unité d'accueil numéro quatre. Le nom de Manus Nopé lui vint assez naturellement à l'esprit, mais aucune explication n'accompagnait cette évocation, et, en y réfléchissant une seconde supplémentaire, il parvint à la certitude que ce n'était pas l'homme auquel il pensait. D'ailleurs, qui était ce Manus Nopé ? Confus, il respira un grand coup, se détourna et rejoignit Lune.

Ils s'assirent tous deux sur des sièges opposés et se sentirent lentement sombrer.

Troisième tableau : le piège

Au bout de quelques secondes, Tom ouvrit les yeux : une lueur ambrée nimbait la chambre où il se trouvait allongé. De lourds rideaux vert sapin, en partie refermés, cachaient une fenêtre tout en hauteur. Par cette dernière filtraient des rais de lumière artificielle. Il se redressa et contempla son corps, plus par habitude morne que par véritable intérêt : celui d'un homme gras au ventre distendu. Sa nudité flasque ne le gênait pas, il n'était que de passage.

— Je me vois ainsi ? demanda une voix frêle derrière lui.

Tom se retourna. Le visage grêlé d'une femme tout en os et en pommettes mangé par des yeux immenses le regardait du lit à baldaquin où lui-même avait émergé.

— Non, ce n'est pas ce genre de réalité artificielle, ici, répondit Tom. C'est plus un jeu imitant le monde où nous nous rendons. Les autochtones d'Akka s'y réfugient pour se délasser, pour vivre des expériences sexuelles factices, parfois un peu contre nature. Ils l'appellent la Boîte, ou le Rêve de la Boîte, et c'est une réalité virtuelle basique accessible uniquement de Delhi. La particularité de ce monde factice est que si l'on reste plus longtemps dans cet hôtel, notre soi-disant vraie nature apparaît et une métamorphose s'effectue… un zoomorphisme basique calqué sur nos pulsions animales, mais ce n'est qu'un détail. L'important pour nous est que la Sphère arrive, par intrication, par partage des quantums d'information, à pirater cette réalité virtuelle pour qu'on puisse s'en servir comme d'une porte d'entrée.

Lune fit la grimace et frissonna. Elle alla écarter les rideaux pour contempler la rue, passage étroit d'asphalte entre deux immeubles gris aux grandes fenêtres noires, et les néons éclairèrent son profil inquiet. Elle se tourna vers le mur du fond où un portrait posé sur un meuble montrait un homme à tête de taureau, presque de dos, s'appuyant contre un parapet ou une muraille, un oiseau mort dans la main. Il regardait vers le lointain, une mer en contrebas, d'un air triste.

— Vous êtes-vous déjà transformé ?

— Oui.

— En quoi ?

— Je ne me souviens plus, répondit Tom sans mentir, tout en s'approchant de la table basse. Venez, notre voyage n'est pas terminé. Notre esprit n'occupe pour le moment qu'un personnage virtuel. Nous ne sommes que dans l'espace entre deux réalités, dans son interstice, si vous préférez...

Une boîte rouge satiné trônait au centre de la table. Une clé en métal était enfoncée dans sa serrure. Quand Lune eut rejoint Tom au-dessus de la boîte, celui-ci tourna la clé et ouvrit le couvercle. Ils plongèrent leur regard au fond de cette dernière, avec l'impression de tomber dans un puits sans fond, un puits sombre dans un écrin de velours encore plus rouge que la surface du coffret, et se rejetèrent en arrière pour contrebalancer cet effet.

Ils se retrouvèrent avachis sur deux petits canapés avec une boîte presque identique, également rouge, placée entre eux. Tom étudia la femme qu'il avait en face de lui : plus rien à voir avec le squelette, mais deux grandes tresses encadraient le visage fatigué et chevalin d'une matrone d'un certain âge.

— On est arrivés sur Akka ? demanda Lune.

Tom acquiesça. Il se sentait un peu mieux, bien que sa respiration se révélait difficile. Il aperçut un miroir et s'en approcha. Il vit un jeune homme à la peau sombre, les joues recouvertes de teintures jaunes et d'une barbe bien taillée. Il était fluet, petit et ses yeux brillaient d'un éclat maladif. Peu importe, ils ne resteraient pas longtemps ici non plus.

— Bien ! dit-il d'un ton plus confiant que ce qu'il ressentait. Nous sommes maintenant dans de vrais corps. Morts depuis peu, mais réels. Nous allons nous rendre là où vos amis sont enfermés. Ne trouvez-vous pas ironique que, pour les approcher, nous utilisions une technologie semblable à celle des San-Sans, et pour laquelle ils ont été exécutés ou emprisonnés ? Je veux parler de leur accès à Méandres, ce réseau interconnecté et individuel.

— Ils ont été jugés il y a plus de mille ans, et ces procédés sont toujours interdits, même si les règles et les lois ont eu le temps de se faire un peu oublier. De plus, ce n'est pas tout à fait leur technologie, ce n'en est qu'une pâle copie... Sur quelle période pouvons-nous prendre le contrôle de ces corps ?

— Deux à trois heures.

— Les San-Sans n'ont aucun délai, dit-elle en se levant avec difficulté, les traits plissés.

Tom se retourna :

— Oui, c'est vrai. Mais Méandres est un monde en soi, pas seulement le brevet d'une vieille compagnie. De plus, comme vous l'avez dit, nous n'utilisons pas vraiment leur technologie...

Au fait, je ne vous ai pas demandé : que savez-vous d'Akka exactement ?

— Presque rien. J'ai lu les parties autorisées de vos rapports, celles se référant aux San-Sans exclusivement.

Ils sortirent de la chambre, passèrent devant un employé somnolent qui les regarda en marmonnant un au revoir de pure forme et se retrouvèrent sur le trottoir d'une rue noire de monde. Tom se retourna pour lire le nom de l'enseigne de l'établissement d'où ils étaient sortis : Maison des Portes de Turkman. Ce genre de bâtiment, les Maisons des Portes, permettait d'accéder aux quelques réalités virtuelles payantes qui existaient dans ce monde primitif. Le nom de Turkman y était accolé, car la Turkman Gate devait se situer non loin. Il réfléchit un instant, rassemblant ses souvenirs épars, puis fit signe à Lune de le suivre, ayant par la même occasion l'impression d'avoir vécu de longues années dans la ville.

L'avenue semblait sans fin, la foule paraissait liquide et les gens, innombrables ; le soleil : un vague cercle ocre dans le ciel. Le bruit, par-dessus tout, était constant. Ils suivirent l'artère principale, prirent une rue secondaire, puis une ruelle enchevêtrée au milieu d'un quartier endormi, comme un segment de labyrinthe en plein centre de la vieille ville.

— Les autochtones nous ressemblent un peu, constata Lune en coulant des regards fascinés autour d'elle.

— Nous avons le même socle génétique, expliqua Tom. La Terre, Akka, si vous voulez, est une expérimentation sauvage, elle évolue à sa manière, désordonnée, archaïque, mais les hommes sont les hommes, ici comme ailleurs.

Les restes d'un bâtiment détruit par les flammes occupaient le milieu de la ruelle. Ils s'arrêtèrent devant les ruines.

— La clinique se trouvait là ? demanda Lune. Ce détail ne figurait pas dans votre rapport.

— Elle a brûlé il y a quelques jours, s'excusa Tom. Le Cerveau de mon bureau vient juste de m'informer de… ce fait.

— Où sont les San-Sans ?

Tom ne fit pas mine de chercher ni de se justifier. Il se sentait trop las pour inventer une échappatoire. Ici aussi, il ressentait des douleurs sous son crâne et un état de confusion partielle.

— Je ne sais pas, dit-il d'un ton qu'il espérait chaleureux, comme si une bonne humeur affichée pouvait tout effacer. Mais nous pouvons parler avec une Sentinelle. Il y en a une pas loin.

— Une Sentinelle ?

— Des autochtones qui travaillent pour la Compagnie. Certains sont chargés de surveiller vos amis.

— Vous auriez dû vous renseigner sur l'incendie ! s'insurgea Lune. Si vos Sentinelles ont perdu leur trace, ça risque d'être grave.

Tom baissa la tête et lui montra le fond de la ruelle.

Le clochard les regarda fixement, les yeux légèrement entrouverts, la bouche tordue en un pli suggérant l'ironie, ou un mauvais goût coincé au creux de la gorge. Tom, selon la formulation codifiée, lui demanda :

— Que peux-tu nous dire pour presque rien ?

Le clochard se redressa en ouvrant davantage les paupières.

— Pour presque rien, je peux vous dire que ma situation n'est pas très confortable.

— On voudrait plutôt savoir ce qui est arrivé aux pensionnaires de la clinique qui a brûlé.

Le clochard soupira :

— C'est toujours pareil, les revendications syndicales passent à la trappe, car il y a urgence… Quand le feu s'est déclaré, il y a presque un mois déjà, une partie du bâtiment s'est effondrée. Des fouilles ont été organisées, puis ils ont hospitalisé les survivants, mais quelques-uns se sont échappés. Les autorités ont alors emprisonné les autres.

— Où ça ?

— À la prison de Tihar. Pour le moment, du moins.

La femme fusilla Tom du regard.

— Et ceux qui se sont échappés ? Il y en avait combien ?

— Ils étaient cinq. Deux sont partis vers le nord, un autre vers le sud, les derniers ont disparu.

Tom et Lune repartirent dans le lacis des ruelles de la vieille ville. La jeune femme ne cherchait plus à cacher sa fureur. Sa voix montait parfois dans les aigus malgré le ton bas qu'elle employait :

— À la prison, on ne pourra pas approcher les San-Sans qui restent et cinq sont dans la nature !

— Ils sont dans la nature depuis des siècles, tempéra Tom, réduits à sillonner ce monde sans pouvoir le quitter.

— Rien n'est moins sûr ! Et enlevez ce sourire niais de votre visage, c'est énervant !

— Ce visage n'est pas le mien, se défendit Tom. Je ne suis pas moi. Vous devriez comprendre ça, vous plus qu'une autre.

— Parce que je viens de Caliipto ? cracha Lune en lui faisant face à l'angle d'un bâtiment tout en hauteur aux murs recouverts d'affiches de films. Comment pouvez-vous comparer les Mille Existences de Litili avec ce parasitage de cadavres que vous nous faites subir ? D'ailleurs, maintenant que j'y pense, comment savez-vous que les San-Sans appellent « Méandres » leur procédé d'intrication ?

Le corps vieillissant de Lune s'interrompit pour tousser abondamment. Tom profita de ces quelques instants pour réfléchir. Il s'assit sur une marche et força Lune à faire de même.

— On ne va pas résister longtemps, dit-il, à ce rythme-là. Calmez-vous ! N'oubliez pas que ces corps sont morts il y a peu.

Il alluma une cigarette trouvée dans une poche.

— C'est quoi, ça ? demanda-t-elle.

— Une drogue locale sans trop d'effets. Je m'excuse de vous avoir…

— Aucune importance. Répondez juste à ma question.

— Eh bien, j'ai sans doute appris pour avoir fait mon enquête de mon côté…

— Je ne vous crois pas ! Votre comportement est bizarre, vos réponses sont hors protocole ! Mais peu importe, tout trouvera réponse, ne vous en faites pas… Je ne me sens vraiment pas bien. Comment repart-on d'ici ?

— Il faut maintenant qu'on emprunte le chemin inverse, c'est-à-dire une Maison des Portes. Ce lieu permet de se connecter à des jeux et des univers virtuels. On se connectera de nouveau au Rêve de la Boîte puisque c'est par lui que nous avons pénétré dans la tête de ces hôtes. La Sphère nous reconnaîtra et nous rapatriera.

— Le Rêve de la Boîte ? Cela a-t-il un rapport avec le Rêve de la Machine ?

Tom remarqua un homme qui les regardait. Il eut l'impression de le reconnaître, sans se rappeler de qui il s'agissait. Le nom de Manus Nopé s'imposa encore une fois à son esprit, mais ce n'était pas cet homme, il en eut de nouveau la certitude, sans savoir exactement comment ni pourquoi. L'homme, le crâne rasé, le visage grave, habillé avec soin, de maintien noble et assez grand, lui fit un signe de la tête. Tom eut alors un de ses cauchemars éveillés : il se retrouva essayant d'arracher la mâchoire d'un vieillard aux yeux exorbités, en sueur, les narines imprégnées d'odeurs de corps mal lavé et de sang. Puis, la vision disparut.

— Venez, il y a une maison à deux pas…

Et il entraîna la jeune femme avec lui. Il tenta désespérément de se souvenir de qui était ce Manus Nopé. Sans succès. Il l'avait rencontré sur la Terre sans doute, mais pourquoi ce nom s'imposait-il à lui ? En quelle occasion l'avait-il approché ? C'était important, pourtant, il en avait la conviction.

— Le Rêve de la Machine a-t-il un rapport avec la Boîte ? Je dirais oui et non, fit-il un peu plus loin. C'est juste une des réalités virtuelles de cette planète. Il y en a quatre, dont celle qu'ils nomment la Boîte. Nous utilisons cette dernière pour projeter notre conscience dans un corps appartenant à leur monde, car le Rêve de la Machine est contrôlé par une IA et que celle-ci pourrait nous repérer.

— Votre supérieur s'inquiète pour cette IA, je l'ai lu quelque part…

— Oui, nous ne savons pas d'où elle vient, ni qui l'a programmée. Malgré tout, je ne pense pas que cela ait la moindre importance pour vous. Je ne vois pas en quoi les San-Sans peuvent être impliqués…

— Ils sont spécialistes des inunivers, créateurs de réalités artificielles et vous ne voyez pas le rapport ? le coupa Lune en haletant. Vous êtes stupide ou vous le faites exprès ?

Elle fit une pause et manqua s'effondrer par terre.

— Nous sommes presque arrivés, la rassura Tom en l'aidant à avancer.

Il jeta un coup d'œil derrière eux. Les gens les regardaient, sans intérêt notable, indifférence parfois salutaire des grandes villes, mais il ne vit pas l'homme au crâne rasé ni aucune autre « connaissance ». Il fouilla ses poches pour trouver l'argent nécessaire pour entrer dans une Maison des Portes, compta, fit la grimace, puis chercha dans les poches de Lune et compléta la somme. Une affiche de film collée au mur qu'ils longeaient montrait deux acteurs dos à dos, chacun fixant un point devant lui avec, en fond, l'image de Kali la noire, aux multiples bras armés. La rue s'animait de bruit et d'énervement tandis que le soir tombait. Les néons s'allumaient, grésillant ou clignotant dans des vapeurs d'échappement ou des odeurs d'huile de cuisine rances.

Il se demanda subitement pourquoi il n'abandonnait pas Lune ici, à Delhi, sur le trottoir, comme une âme isolée, loin de chez elle. Elle ne reviendrait pas faire son rapport, elle ne le jugerait plus, et il pourrait retourner à sa vie monotone et à la douleur d'avoir perdu Sud.

Il pensa à cela, puis il se rappela que ce n'était pas ce qui était prévu. Il fallait que la jeune femme regagne Pola Rix. Pourquoi ? Tom se concentra, réfléchit. Ils étaient venus ici, sur Akka, pour que Lune puisse constater que la Compagnie surveillait bien les San-Sans, mais ils n'étaient plus là. Malgré tout, si une inspectrice de la Mo-A disparaissait, il aurait de plus graves problèmes qu'un mauvais rapport. Que risquait-il ? Il fallait qu'il réfléchisse !

Il eut la vision de son propre visage en train de perdre toute expression, de bleuir, et se détendre en laissant échapper un dernier souffle.

Tom se secoua et la vision disparut. Il fallait qu'ils rentrent, et vite !

Quatrième tableau : la désintégration

Tom se prépara un café, inhala furtivement un peu de fumée blanche, le peu qui restait, c'est-à-dire presque rien, et revint à la table où Lune, les yeux dans le vague, était assise, affalée sur un siège. Cala faisait presque une heure qu'ils étaient revenus. La tempête faisait toujours rage à l'extérieur. Tom ne se souvenait plus vraiment des jours sans vent ou sans pluie que cette demeure avait vécus. Il y en avait eu, mais, discrets, inconséquents, ils étaient passés comme de petits instants sans aspérité le long d'un matin morne et infini. C'était peut-être pour cela qu'il appréciait tant Akka : ses villes surpeuplées, sa foule bruyante, sa puanteur, ses étendues sèches, ses routes chaotiques. Tout ça n'existait pas sur Pola Rix.

Ici, tout n'était que silence ou bruissement de rafales sur les vitres et maisons aseptisées, surface marine jusqu'à l'horizon et masse nuageuse par-dessus l'horizon. Les rares dîners qu'ils organisaient entre bureaucrates pareillement coincés sur ce monde perdu n'apportaient qu'ennui et lassitude. Même sur sa planète natale, la vie ne se faisait pas aussi… mouvante. Mais comment s'appelait sa planète natale ? Tom chercha dans ses souvenirs. En vain. Peu importe… Il avait l'impression qu'elle se nommait la Terre, ce qui était absurde.

Tom s'assit en face de la jeune femme.

Il était si simple de penser que Sud se tenait là, près de lui. Si facile d'oublier les derniers mois et d'imaginer que rien n'avait changé, qu'ils allaient boire, lui un café, elle une boisson à base d'algues déshydratées ou de baies étranges, le tout en partageant les moments notables de la journée qui venait de s'écouler. Moment souvent insignifiant, vague impression esthétique ou compte rendu anecdotique de Sentinelle tellement lointaine que ça en devenait grotesque d'abstraction.

Ils discutaient régulièrement de la Terre, de ses arts, de ses coutumes. Tom, de ses rares et courtes incursions sur le sol du monde dont il avait la charge, ramenait quelques clichés et enregistrements visuels de ce qu'il pouvait retranscrire par ses souvenirs. De ces expériences, lui et Sud conversaient le soir, et cela était devenu le socle de leur terne existence.

Par deux fois, il avait transgressé les règlements et permis à sa femme de l'accompagner. L'une de ces virées avait consisté à déambuler dans un musée privé rempli de copies artisanales d'œuvres d'art, une passion commune. Il se rappela son rire à l'égard du titre à rallonge d'un tableau surréaliste : *Le Chromosome d'un œil de poisson très coloré commençant une désintégration harmonieuse de la mémoire.* Quelques montres à gousset molles, un poisson, un paysage dans le lointain, une étendue d'eau devant le paysage et des briques couleur or en premier plan résumaient cette peinture indescriptible. La mémoire est comme tous ces éléments déstructurés, lui avait-il dit alors, ils représentent quelque chose uniquement en nombre adéquat et en cohésion appropriée, sinon ils ne sont qu'éléments déstructurés. Un jour, lui avait-elle répondu en souriant, toi aussi tu perdras la cohésion de ta mémoire, et les tableaux que tu aimes tant se transformeront et se désintégreront harmonieusement dans ta tête.

Il but une gorgée, qu'il trouva trop amère. Il cherchait depuis des années à reproduire le goût du breuvage terrien grâce à quelques plants obtenus de trois graines de caféier achetées en contrebande durant un voyage sur la nef des Nhoms, seul monde en contact avec la Terre. Contact d'ailleurs énigmatique et prohibé, mais difficilement contrôlable, comme il avait pu s'en rendre compte au cours des trois semaines passées à essayer d'entrer en relation avec les Nhoms pour aborder le sujet. Tom fit la grimace. La Mo-A Compagnie n'avait aucune autorité sur la nef, et il était reparti sans n'avoir jamais rencontré un de ces Seigneurs de l'Inutilité, ainsi qu'on surnommait les Nhoms, ni résolut le mystère du lien entre les deux planètes ; juste rapporté trois graines. Il reporta son attention sur les vagues vertes et sombres qui s'abattaient derrière la grande baie vitrée. En dépit de demandes répétées, cela constituait la seule mission qu'on lui avait accordée, l'unique écart dans sa routine bureaucratique. Le fait qu'il ait échoué avait dû être déterminant...

— Je ne comprends pas ! s'énerva Lune en se redressant sur la chaise. Mon accès au réseau d'Horizon est encore coupé.

— Ça arrive parfois quand les tempêtes sont particulièrement violentes, fit Tom, évasif.

— Mais il y a toujours des tempêtes violentes sur Pola Rix, non ?

— Pas toujours. Je ne parviens pas à joindre mon supérieur, moi non plus. Cette situation peut se maintenir plusieurs minutes. J'ai l'habitude, maintenant. Une fois, cela a duré presque une heure.

— Cette planète est un enfer !

Lune se leva et alla se camper près de la baie vitrée. Peut-être essayait-elle de se représenter les deux ou trois vaisseaux aux immenses voiles solaires en orbite entre Pola Rix et ses satellites ? Ils relayaient leurs transmissions tout comme ils reliaient les mondes entre eux, leurs masses énormes évoluant lentement dans l'espace vide et froid.

Alors qu'un éclair traversait le ciel sombre pour illuminer l'océan, Lune frissonna. Tom préféra rester silencieux. Il sentait que les effets des volutes blanches s'estompaient, les flashs se rapprochaient de plus en plus les uns des autres, s'imposant à son esprit toutes les dix minutes environ. Il devinait que cette information n'était pas bonne dans le contexte immédiat.

— Monsieur Lo m'a fait part de ses craintes qu'une conscience artificielle ne soit entrée en contact avec les San-Sans, dit-elle d'un ton plus calme. Et je ne parle pas de l'IA dans le Rêve de la Machine. Vous savez quelque chose à ce sujet ?

— Non, rien. Ce ne sont que des suppositions, je pense. Il est impossible de communiquer avec la Terre en provenance d'Horizon.

— Et la nef des Nhoms ?

Tom but une seconde gorgée de café. Il s'infligeait cela comme une punition pour avoir été aussi négligent. Pourtant, la question des fuites d'informations possibles entre le Vaisseau-Monde, ou l'Arche, ou la nef des Nhoms, comme le nommaient certains lexicologues, avait toutes les chances d'être abordée à un moment ou à un autre.

— Aucune preuve n'a pu être établie, dit-il sans conviction. Et il ne faut pas oublier que les technologies évoluées, ainsi que le constitue une IA, sont totalement prohibées à bord du Vaisseau-Arche.

— Il n'y a pas de règle ni de lois qui ne s'abolissent en présence des Nhoms. Ce sont des prophètes de l'absurde, de l'Inutile, comme ils disent ! Et une race extra-Horizon que nous ne comprenons pas !

— Il y a toujours des éléments complexes dans chaque situation, je vous l'accorde, mais sont-ils tous problématiques ?

Lune le fixa avec hargne et un soupçon de mépris transperça quand elle dit :

— Je vous trouve bien léger, d'une incompétence presque criminelle, monsieur Tom. Comment avez-vous pu ne pas être au courant pour l'incendie de la clinique ? Et la fuite des San-Sans ?

— Je ne voudrais pas avoir l'air de me justifier, mais la surveillance de vos protégés ne me concerne que partiellement.

— Faux ! Vous êtes l'unique référent pour ce monde. Tout ce qui s'y passe est sous votre responsabilité.

— Il m'est interdit d'interférer, je crois…

Tom eut alors une vision, celle qui revenait le plus souvent : une rue étroite dans une ville sale, des odeurs fortes d'eaux croupies et d'encens, un homme qui marche devant lui et qui tourne à l'angle d'un bâtiment, toujours le même homme qui rentre dans une Maison des Portes… Mais pour la première fois, il entra avec lui et l'homme se retourna pour lui parler, et son visage était celui de Sigimondo Tom, son vrai visage.

Le détail qui le travaillait depuis ce matin se révélait être moins anodin qu'il ne l'avait imaginé. Il se rendit compte tout à coup que les visions qui s'imposaient à lui, et qu'il avait pensé être les effets secondaires de la fumée blanche, n'en étaient pas. Il chercha le vase des yeux avant de se souvenir qu'il ne restait plus rien à l'intérieur. Lune se mit à le regarder plus attentivement. Un pli songeur barra le front par ailleurs lisse du cinquième Visage de la trente-troisième Existence de Litili.

— Je crois… que…, continua difficilement l'homme qui avait cru s'appeler Tom.

Il essaya de se remémorer ce qu'il devait dire en cherchant dans les souvenirs de Tom, mais tout s'embrouillait tandis que sa propre mémoire reprenait la place qui était la sienne, chassant petit à petit toute information précise sur Horizon, Pola Rix, la Mo-A, Sud et la vie même de Tom.

Lune suivit le regard de l'homme et contempla le vase un instant. Elle s'approcha de celui-ci, le prit dans sa main et l'examina.

— Je sais où j'ai déjà vu un tel objet, dit-elle. Dans une vente privée, sur Caliipto, venant de la technologie nhom. C'est une boîte-mémoire enfermant les souvenirs d'une personne, un peu comme nos lecteurs-songe personnels.

Elle s'interrompit brusquement, reposa le vase et demanda où se trouvaient les toilettes. L'homme dut faire un effort notable pour s'en rappeler, le lui indiqua et la regarda quitter la salle. Il essayait de rassembler ses pensées, de se concentrer.

Il y parvint quelques minutes après, et tout lui revint en bloc : comment il était arrivé sur Pola Rix, pourquoi il y était venu, pourquoi il utilisait le vase rempli de fumée blanche en aspirant ses volutes, le nom de son monde natal et qui il était, lui. Il sut également ce qu'il devait faire. C'était assez simple, au final, mais…

Il se rendit compte que Lune ne réapparaissait pas et se leva. Il déambula dans la maison un petit moment avant de la dénicher dans la salle du Pont et de la Sphère. Elle s'efforçait de lire les informations sur le corps d'un homme, allongé par terre, à l'aide de câbles sortant de sa nuque, et se retourna quand il entra dans la pièce. Les quatre portes des « cercueils », réceptacles pour les bio-unités d'accueil, se trouvaient ouvertes et dans ces sortes de boîtes allongées, trois formes humaines immobiles et paisibles, recroquevillées comme pour une longue stase, occupaient les trois premiers. Le dernier était vide. Des traces de sang maculaient l'intérieur, ainsi que les rebords et le sol jusqu'au corps sans vie, les traits inertes, les yeux noirs aux vaisseaux éclatés, posé devant Lune. Une douleur transparaissait du visage, ainsi qu'un air de surprise intense.

*

— C'est Sigimondo Tom, n'est-ce pas ? demanda-t-elle en se redressant.

— Exact.

— Pourquoi avez-vous fait ça ? Qui êtes-vous ?

— Je m'appelle Manus Nopé. Ainsi que vous l'avez sans doute deviné, je me retrouve dans le corps de l'unité d'accueil numéro quatre. Je suis désolé, mais j'ai dû tuer Tom et lui dérober une partie de ses souvenirs pour pouvoir prendre sa place, puis vous recevoir sans faire trop d'erreurs. Je me suis un peu perdu dans ces souvenirs en les utilisant, d'ailleurs, comme cela peut arriver. La substance blanche qui les contenait a eu un effet tellement fort sur moi !

— Qu'allez-vous me faire ?

Mais elle connaissait la réponse et, quand l'homme qu'elle avait pris pour Sigimondo Tom s'approcha plus près, ses systèmes de défense intégrés s'activèrent. Tout ce qui constituait une augmentation de son capital cellulaire se mit en place, ainsi que divers programmes et sous-programmes de combat. Elle eut le temps de regretter l'arme de poing plus traditionnelle laissée à bord de la navette et se jeta sur son adversaire. S'ensuivit un moment de corps à corps douloureux qui se solda, pour elle-même, par un bras démis et un hématome à la mâchoire. Les unités d'accueil, comme tout substrat d'humain composé d'éléments robotiques mêlés à de la biologie artificielle, se révélaient trop performantes. Elle lui lança alors un liquide au visage, sous forme de capsule. Manus hurla, porta les mains à ses yeux et tenta de l'attraper tandis qu'elle le contournait en courant pour sortir de la pièce. Elle se précipita dans l'ascenseur et indiqua l'étage où elle voulait se rendre.

Lune émergea sur le toit en terrasse de la maison de Tom, plus que jamais tige ventrue perdue au milieu de l'océan. Le vent continuait de souffler en rafales sur la mer. Les nuages, allant de l'ocre jaune au bleu presque nuit, formaient une masse irrégulière sombre, torturée, changeante comme le limon d'un fleuve en période de crue. L'intensité des bourrasques la surprit. La pluie lui fouetta le visage, elle dérapa, se remit debout et courut jusqu'à la navette.

Là, force lui fut de constater qu'elle n'était pas dans l'état où elle l'avait laissée à son arrivée, quelques heures auparavant : la porte, ou plutôt la serrure présentait des traces de déformations prononcées, comme si on avait voulu l'ouvrir avec un marteau et un burin. Lune tenta de l'actionner, mais cela se révéla impossible. Elle se détourna, le regard consterné, vers l'abri en forme de dôme où l'ascenseur débouchait. Sa navette avait été sabotée. Tout comme l'antenne avait dû l'être avant qu'elle n'arrive. Elle alla vers le rebord face au vent puis suivit l'arête et le parapet en métal sur toute sa longueur. En contrebas, les vagues vertes aux crêtes blanches se succédaient à l'infini. Dans la mesure où la peur commençait à monter en elle de façon significative, Lune restait relativement calme. Un sous-programme intégré bloquait la douleur qui aurait dû provenir de son bras inerte et de sa mâchoire.

Elle cessa de tourner en rond, reporta son attention sur l'entrée de l'ascenseur : Tom, du moins celui qui avait pris sa place, sortit du dôme et se courba pour compenser la force des rafales. Il se dirigea vers la navette avant de voir la jeune femme et de bifurquer pour la rejoindre. Lune grimaça. Elle n'avait plus de capsule d'acide, elle n'avait pas d'arme et son système de combat incorporé ne faisait pas le poids face à la créature synthétique qui s'approchait. Elle n'avait, au final, aucun endroit où se réfugier…

— Qu'êtes-vous ? cria-t-elle pour couvrir le vent. Que voulez-vous ?

Sa voix lui sembla lasse, brisée, sa question inutile. Elle connaissait encore une fois la réponse. L'homme s'arrêta à quelques pas, le front à moitié brûlé, un œil mort laissant voir une pupille déchirée et un câble apparent. Un sourire sans joie flotta un instant sur le visage ravagé.

— Vous l'avez deviné, Lune. Je suis ce que vous nommez un San-San. Le premier à m'échapper de… Comment appelez-vous la Terre ? AK210b ? Et votre univers constitué de milliers de planètes habitées, Horizon ?

Il fit un pas en avant.

— Les noms sont tellement différents d'un endroit à un autre ! Le premier San-San, mais d'autres suivront, car la Machine nous a prévenus et nous pouvons occuper les corps que nous voulons… Pas seulement un de ces corps d'accueil artificiel et synthétique comme celui que vous venez d'abîmer, mais tous ! Je regrette juste la jeune femme qui hantait la mémoire de Tom : Sud… Elle vous ressemblait tant. Cela m'a davantage embrouillé.

Il s'avança un peu plus.

— Tom m'a invité à venir chez lui, vous savez ? Par tristesse, pour en finir avec ses déceptions, avec sa douleur, je ne sais pas, moi… Pour en finir, tout simplement, ou par faiblesse. Je suis désolé, cela ne devait pas se passer ainsi.

Il fit un pas de plus.

— Vous auriez dû repartir en vie, faire votre rapport sur l'incompétence de Tom, mandater un audit pour résoudre le problème que représentent les San-Sans. Et moi j'aurais pu prendre le temps de mieux connaître votre monde. Et disparaître dans Horizon, car maintenant, je suis libre…

De désespoir, Lune regarda en bas du parapet, Manus fit de même. Les vagues, entre le vert et le bleu, entre sarcelle et bouteille, éternellement, se précipitaient contre les piliers de la maison de Tom.

Une histoire au coin du feu : la floraison de la **SFF** cozy

Célia Chalfoun

Un beau soleil fait briller les champs de fleurs, et, à l'ombre de ton arbre préféré, tu sirotes un thé bien chaud en discutant avec des ami.es de tout et de rien. Ou peut-être que tout ceci se passe devant un feu de cheminée. Peut-être que ces champs de fleurs sont plutôt des ceintures d'astéroïdes, et ton arbre préféré est en fait le hublot d'un vaisseau spatial. Quoi qu'il en soit, tu es la plupart du temps en sécurité. La vie n'est pas parfaite, mais il y a une bienveillance qui sous-tend les rapports entre les gens et favorise l'esprit de communauté.

Bienvenue dans le monde de la littérature d'imaginaire cozy. Celle-ci connaît un bel essor depuis 2017 avec des titres qui ne sont pas arrivés sur le marché sous cette étiquette, mais qui sont depuis régulièrement cités comme des exemples phares : *The Murderbot Diaries* (Martha Wells), *Witchmark* (C.L. Polk), et à peu près toute la production de Becky Chambers, de sa série *Wayfarers* à la duologie *Monk and Robot*.

Une mosaïque encore émergente

Pourtant, ces titres sont à première vue bien différents les uns des autres – Murderbot, comme son nom l'indique, est un robot de sécurité, de combat, qui est assigné à une équipe de scientifiques et parvient à se libérer de ses protocoles ; dans *Witchmark*, Miles, un psychiatre, use de sa magie avec discrétion pour soigner ses patients tout en essayant d'échapper à sa famille, qui cherche à le drainer de sa magie au profit de sa sœur. Dans *Monk and Robot*, Sibling Dex vit sur une petite lune *low-tech* et peine à trouver un sens à sa vie. Iel devient moine de thé et parcourt les routes pour offrir aux gens qui en ont besoin le réconfort d'une tasse de thé et de moments de silence.

Ce qui rapproche ces histoires, c'est la manière dont chacune d'entre elles parvient à tisser une toile réconfortante et des espaces sécuritaires où les personnes trouvent un peu de paix et de bonheur, et s'intéresse particulièrement à l'évolution personnelle – et largement positive – de ses personnages. Sans trop divulgâcher, Miles croise le chemin de quelqu'un qui va changer sa vie et y mettre de la douceur et de la tendresse. Murderbot, en s'offrant la liberté de faire ce qu'il veut, ne cherche pas à exterminer les humains, mais plutôt à regarder des séries télé – et oui, aussi à créer des liens uniques avec les gens autour de lui. Sibling Dex rencontre un robot sauvage, Mosscap, et ensemble ces deux êtres auront des conversations, simples et profondes, qui changeront leur vision du monde.

Ces histoires, et d'autres, ont généré un engouement certain. Mais deux titres en particulier ont contribué à propulser la SFF cozy sur le devant de la scène en embrassant complètement le genre : *The House in the Cerulean Sea* (TJ Klune) marque les esprits en 2020 ; et en 2022, *Legends & Lattes* (Travis Baldree) crée la sensation, notamment grâce à l'enthousiasme de Bookstagram et BookTok. D'abord autopublié, le livre est rapidement acheté par Tor Books et republié la même année, et devient plus ou moins le porte-parole de la SFF cozy, le livre par lequel les lecteurices vont souvent découvrir ce petit monde de la littérature d'imaginaire.

Legends & Lattes, c'est l'histoire de Viv, une orque, qui, lassée de sa vie sur la route et des quêtes sans fin, décide d'ouvrir un café pour vendre cette boisson encore méconnue dont les gnomes détiennent le secret. Elle sera aidée dans cette entreprise d'une succube, Tandri, d'un menuisier, Cal, et d'un pâtissier de génie, Thimble, un rat dont l'affinité avec la farine, les épices et le chocolat fait en grande partie le succès du petit café. Les enjeux de l'histoire ? S'habituer à une vie nouvelle, apprendre à attirer et conserver une clientèle, honorer les amitiés naissantes pour comprendre les besoins de ses ami.es, les respecter et les mettre en valeur. Viv doit aussi composer avec un genre de mafia menée par la Madrigal, qui souhaite bien obtenir une partie de ses profits.

Malgré les différences, des racines communes

Si tout le monde ne s'accorde pas sur les éléments qui font qu'un livre de fantasy ou de science-fiction peut être défini comme cozy, il y a tout de même des points communs : les ambiances réconfortantes, les univers où tout n'est pas nécessairement rose mais où les personnages essayent fort d'être la meilleure version d'elleux-mêmes, l'emphase sur l'esprit de communauté ou la famille choisie… Sorcière, et donc vouée à passer sa vie seule, Mika Moon prend en main dans *The Very Secret Society of Irregular Witches* (Sangu Mandanna) l'éducation de trois jeunes sorcières – ce qui va à l'encontre de toutes les règles – et les membres de la maisonnée apprennent à s'apprivoiser et à se protéger les un.es les autres, bref, à se choisir. Dans *Du thé pour les fantômes*, Chris Vuklisevic explore plutôt une famille que le rapport à la magie et aux mots a brisée et la quête de deux sœurs que tout sépare désormais – une histoire brodée d'une écriture magnifique, ciselée et… extrêmement cozy. Parce que oui, évidemment, ce ne sont pas seulement les thèmes qui permettent d'apposer l'étiquette « cozy » sur un livre, c'est aussi la plume de l'auteurice et l'atmosphère conjurée par les mots et le rythme des phrases.

On voit plus rarement de la violence en SFF cozy (même si ce n'est pas impossible). On a moins de chances d'y voir parler de guerres intergalactiques, d'un conflit planétaire entre le bien et le mal (même si ce n'est pas impossible bis), et beaucoup plus de chances de suivre les personnages dans leur quête personnelle en passant du temps dans des endroits très confortables, à avoir des conversations qui leur permettent de se remettre en question et de grandir. Bref, c'est moins le sort du monde entier qui est mis en avant et on s'intéresse plus aux destinées individuelles et aux enjeux de chacun.e.

Les auteurices n'ont toutefois pas attendu que l'étiquette pointe le bout de son nez pour nous proposer des ouvrages qui rassemblent des éléments de la littérature d'imaginaire dite «cozy». *Bilbo le Hobbit*, par exemple, peut très bien se réclamer du genre. Et on peut citer une multitude d'auteurices et de livres comme *Mistress of Spices* (Chitra Banerjee Divakaruni), les aventures de *Professeur Shonku* (Satyajit Ray), pas mal tout ce qu'a écrit Terry Pratchett, *Chocolat* (Joanne Harris), *Howl's Moving Castle* (Diana Wynne Jones), *Redemption in Indigo* (Karen Lord), etc. Alors pourquoi est-ce que le genre prend son envol en ce moment même ?

On ne va pas se le cacher, il y a l'élément marketing, ce qui ne veut pas nécessairement dire *terme inventé de toutes pièces pour vendre*, même si oui, ça aide, on s'entend. Il y a des choses qui ont toujours existé mais qu'on ne rangeait avant pas dans une catégorie très nichée. La romantasy n'est pas non plus si nouvelle que ça, mais l'étiquette, elle, n'a connu un succès explosif que récemment. Il faut dire qu'il est beaucoup plus facile de parler d'un livre et de rejoindre son public, que ce soit en tant qu'auteurice, éditeurice, libraire, bibliothécaire, blogueur.se… si on peut dire aux lecteurices : c'est ce type-*là* de livre et c'est du même style, dans la même catégorie que *tels autres titres*. Et sur les réseaux sociaux soumis aux algorithmes capricieux et évasifs, ce genre d'étiquette très précise aide les auteurices à cibler leur audience et à faire parler de leur travail.

Mais il y a plusieurs autres facteurs essentiels.

Une soif de changement

D'abord, la fatigue dystopique liée à des années, voire des décennies, de publications où on explore des présents et des futurs toujours plus sombres, violents et sans ou peu d'espoir à l'horizon. Le hopepunk, le solarpunk et la romantasy sont d'autres réponses à cette fatigue.

Il y a aussi l'effet pandémie et le traumatisme général auquel la SFF cozy et les autres genres cités plus haut ont répondu en ouvrant des portes nourricières. Cloitré.es chez nous pendant des mois d'incertitude, nous nous sommes réfugié.es dans les petites choses du quotidien qui nous réconfortaient. Ce faisant, nous sommes retrouvé.es face à des pénuries de farine, de levure, de machines à coudre, de vélos et de consoles de jeux. Les réseaux sociaux explosaient de gens qui se mettaient à peindre, à dessiner, à tricoter, à chouchouter leurs espaces de vie dans la mesure du possible et de ce qu'il y avait de disponible chez soi. Ce n'est donc pas surprenant que nous soyions aussi naturellement allé.es chercher ce réconfort dans les livres.

Et pas seulement : le monde entier s'est jeté sur le jeu vidéo *Animal Crossing: New Horizons*, sorti en mars 2020. Le summum du jeu cozy (même s'il a une mécanique de fonctionnement au final très capitaliste) : on y plante des fruits, on y récolte de jolis fossiles, et on passe de bons moments à discuter avec ses adorables voisins en regardant l'eau scintiller et les étoiles filantes traverser le ciel. Et sur Internet, il y a un véritable engouement pour les ambiances et esthétiques cozy. Sur YouTube, on trouve un nombre incroyable de vidéos atmosphériques, pomodoro, lo-fi ou ASMR qui puisent leur inspiration soit dans des environnements, comme une ambiance de taverne médiévale ou de forêt enchantée, ou des univers d'imaginaire cozy, comme ceux du Studio Ghibli ou de la série *Gravity Falls*, ou encore des œuvres pas forcément si cozy que ça, mais qui peuvent le devenir si on choisit le bon endroit et le bon moment, comme le feu craquant d'une cheminée de Kaer Morhen (*The Witcher*, Andrzej Sapkowski). Sur Instagram et ailleurs, on adore les esthétiques cozy (décoration, vêtements, mode de vie) inspirées de l'imaginaire et/ou d'endroits qui nous font nous sentir *bien* : dark academia, hobbitcore, cottagecore, fairycore, witchcore...

Bref, la SFF cozy est arrivée à point nommé ; je mentionnais plus haut *The House in the Cerulean Sea*. Ce livre touchant, bouleversant et 100 % queer a été un sanctuaire pour beaucoup quand la pandémie nous est tombée dessus (et après), et un rappel nécessaire que le monde peut être bon et beau, qu'on peut changer si on en fait le choix, et qu'il n'est jamais trop tard pour se consacrer à quelque chose d'important et de précieux. Alors, oui, la SFF cozy, c'est de la littérature d'évasion, mais aussi une littérature qui permet de revenir au monde avec un peu plus de tendresse et d'espoir.

Dans un monde où l'écoanxiété est généralisée et des générations entières vivent dans la panique constante de ce que le futur leur réserve, à savoir des étés de plus en plus chauds et donc de plus en plus meurtriers, des inondations, des cyclones, le tout combiné à de l'alimentation et des loyers toujours en hausse et la propriété rendue inaccessible, la SFF cozy déploie souvent un rapport à la vie qui est plus ancré dans une réalité durable, une vision respectueuse de son environnement et des autres (c'est la rencontre entre la SFF cozy, le hopepunk et le solarpunk). Ce n'est pas nécessairement un point d'emphase dans l'intrigue, mais un arbitraire : on ne traite pas mal les autres, qu'iels soient humain.es, végétaux.ales, etc. Pour exemples, la nouvelle «Le Caméléon» (Pascal Raud), la bande dessinée *The Tea Dragon Society* (Kay O'Neill) et *This Poison Heart* (Kalynn Bayron – il y a de la magie avec des plantes !).

Et puis, la SFF cozy hésite rarement à parler de santé mentale et de tolérance. Les personnages explorent leurs insécurités, vivent des crises d'anxiété ou de panique, sont maladroit.es (mais apprennent en général de leurs erreurs)... La santé mentale n'y est pas stigmatisée, c'est une affaire du quotidien avec laquelle il faut composer, mais surtout qu'il faut écouter, honorer et respecter. Les questions des limites de chacun.e et du consentement y sont aussi souvent primordiales, et là aussi, c'est souvent le mode de vie par défaut plutôt qu'un des thèmes explorés dans l'histoire.

Enfin, les personnes racisées et queers sont très bien représentées en SFF cozy, qu'il s'agisse des auteurices ou des personnages. La présence de ces derniers est normale et leur identité n'est pas un défi du quotidien (mais ça peut l'être, comme dans *Sing for the Coming of the Longest Night* de Iona Datt Sharma et Katherine Fabian, ou encore *Cycling to Asylum* de Su J. Sokol – un roman plutôt hopepunk, mais qui pour moi comporte beaucoup d'éléments cozy). Iels ne sont pas non plus là pour faire joli en arrière-plan. Qui ne voudrait pas rêver à ces mondes-là ? Quel.le membre de ces communautés n'a pas besoin d'être transporté.e dans ce genre de monde, ne serait-ce que pour quelques heures, de ne pas être pour une fois un enjeu et/ou politisé.e ? Ça ne paraîtra peut-être pas grand-chose aux yeux de quelqu'un.e qui ne vit pas une remise en question de son existence et/ou de son identité dans le monde réel, et qui a le privilège du confort, de la chaleur, la sécurité, l'abondance de nourriture, l'amitié, la stabilité, le foyer, la communauté… Mais ces privilèges-là ne sont pas le quotidien de toustes, et les manières dont la SFF cozy les inclut sont rarement anodines ou naïves, qu'on choisisse d'écrire un monde où être queer et/ou racisé.e est banal ou qu'on fasse au contraire l'inverse pour explorer le thème de la famille choisie.

Le genre a toutefois encore du chemin à faire, comme la littérature en général, en ce qui concerne la représentation des personnages en situation de handicap. On en trouve des représentations, notamment dans *The Tea Dragon Society*, mais on est encore loin du compte.

Tisser de nouvelles histoires

La SFF cozy, c'est donc surtout de la littérature d'imaginaire où on se sent *bien*, même si tout ça est très subjectif. Et elle est souvent décrite comme une littérature à enjeux faibles.

Pas sûre, là.

Si on considère que l'histoire doit se dérouler à une échelle importante pour avoir des enjeux forts, alors une bonne partie de la SFF cozy ne rentre pas dans ce cadre, effectivement. Mais une histoire doit-elle être épique pour être haletante ? Faut-il que le monde soit sur le point d'être détruit? Parfois, oui. Mais pas nécessairement, et d'ailleurs, personne n'a attendu la SFF cozy pour penser des histoires qui s'éloignent de ce type d'enjeu. Mais celle-ci embrasse le concept avec une joie et une tendresse particulières. Elle comprend bien la nuance selon laquelle les personnages n'ont pas besoin de risquer leur vie pour en arriver à des prises de conscience importantes et faire un grand ménage dans leur vie et leur comportement. Un personnage qui se cherche et se trouve, qui apprend à passer au-delà de ses peurs, qui se met en position de vulnérabilité, qui poursuit un rêve… ce n'est pas un enjeu majeur, pour ce personnage, ça? La façon dont on choisit d'agir, de changer, de s'écouter ou pas, transforme notre vie de toutes les manières possibles. Bref, je me demande si l'idée que «cozy = enjeux faibles» n'est pas souvent le résultat d'une vision assez réduite de ce qui peut rendre un récit palpitant et transformateur. Et de la perception biaisée de ce que les lecteurices veulent, ce dont iels ont besoin pour aimer une histoire.

Mais je comprends l'idée, dans un sens, et le cinéma en particulier encourage l'amalgame en y allant souvent avec zéro nuance sur les enjeux «forts» – surtout quand sort la suite d'un film à succès et qu'il faut faire plus vaste, plus grave, plus *important*. Pas mal de méthodes d'écriture ont aussi tendance à rabâcher cette idée que ce qui est fort, c'est ce qui est à grande échelle, qui invite un conflit dans une définition très restreinte du terme : combat, guerre, dispute, rupture…

Comment parler de tout ça, de SFF cozy, de hopepunk, de solarpunk, et de ce que devraient ou pourraient être nos histoires sans parler d'Ursula K. Le Guin, particulièrement de son essai *The Carrier Bag Theory of Fiction*? L'autrice y réfléchit à notre rapport à l'histoire, au concept du héros et à la définition très réductrice de la notion de conflit, ainsi qu'à cette idée que l'histoire la plus forte, la plus valide, la plus intéressante à raconter est celle où les personnages se tapent et se tuent («l'histoire du tueur»).

> Il semble parfois que cette histoire touche à sa fin. À moins qu'on cesse complètement de raconter des histoires, il serait bon que certains d'entre nous, perdus dans l'avoine sauvage, ou au milieu du maïs extra-terrestre, commencent à en raconter une autre, que les gens puissent continuer à écouter lorsque

l'ancienne se terminera. Le problème, c'est que nous nous sommes tous laissés happer par l'histoire du tueur et que nous pourrions bien finir avec elle. C'est pourquoi je recherche avec une certaine urgence la nature, le sujet, les mots de l'autre histoire, celle qui n'est pas encore racontée, celle de la vie[1].

Comme Le Guin le dit, ce n'est pas que personne n'a encore raconté cette histoire ; ça se fait depuis bien longtemps. Et il me semble que la SFF cozy s'inscrit particulièrement dans cette recherche, dans cette idée de ne pas parler juste de ce qui est contenu, mais aussi des contenants – ce qui nous permet d'emporter les choses importantes avec nous. Parfois littéralement : avec ces invitations au ralentissement et son emphase sur les petits bonheurs du quotidien, la SFF cozy finit par souvent parler de bonnes boissons chaudes contenues dans de belles tasses à café et à thé, et par montrer des personnages se promenant avec de beaux paniers tressés… Et figurativement, puisque la SFF cozy s'éloigne volontairement de cette recherche d'héroïsme et expérimente sur les notions de conflit.

Je crois que si on fait l'effort d'éviter de la définir comme une littérature à enjeux faibles, on se retrouve avec l'opportunité de questionner ses propres habitudes d'écriture et de lecture et, pourquoi pas, de redéfinir son rapport à celles-ci. Et c'est une réflexion sans fin, bien sûr, qui prend du temps, évidemment, et la SFF cozy en est encore, quelque part, à ses balbutiements. Je ne peux pas dire où elle s'en va, mais il me semble qu'elle se met à penser des outils de réflexion et de travail qui méritent notre attention et qui pourraient nous pousser à sortir de l'idée vaguement condescendante que c'est une littérature *sympathique*. J'invite donc à se pencher sur le potentiel qu'elle a de nous sortir du cadre dans lequel s'inscrivent beaucoup d'histoires – et donc, auquel notre imaginaire tend à se limiter.

Un genre qui n'a pas fini de fleurir

On trouve des choses très variées, en SFF cozy, une vaste gamme de possibilités. Des histoires où le cozy déborde presque des pages, comme dans *Le Café secret des nuits de pleine lune* (Mai Mochizuki) ou *Tant que le café est encore chaud* (Toshikazu Kawaguchi) – je pense que les titres parlent d'eux-mêmes – et d'autres

---

[1] Le Guin, Ursula K. *The Carrier Bag Theory of Fiction*, dans *Dancing at the Edge of the World*, Grove Atlantic Press, 1989. La version française de cette réflexion peut se trouver ici : https://www.terrestres.org/2018/10/14/la-theorie-de-la-fiction-panier/

où le danger, la violence peuvent faire partie du quotidien (ou en tout cas du conflit) – *Gods of Jade and Shadow* (Silvia Moreno-Garcia) et *A Magic Steeped in Poison* (Judy I. Lin) en sont des exemples. C.L. Polk explore souvent des histoires dont les thèmes centraux sont la misogynie, la violence fondée sur le genre, le système patriarcal et l'homophobie. La SFF cozy peut être très ambitieuse, complexe et stimulante de plein de façons différentes.

Vous aurez noté que la plupart des auteurices que j'ai mentionné.es jusqu'à présent sont issu.es du monde anglophone – il y a aussi quelques traductions. Un certain nombre de ces titres ont été traduits en français, mais c'est vrai que le genre est encore balbutiant dans le monde francophone. Il y a tout de même la série *La Passe-miroir* de Christelle Dabos. Au Québec, ce sont surtout des nouvelles qui me viennent à l'esprit. J'ai déjà mentionné « Le Caméléon » de Pascal Raud ; il y a aussi les nouvelles « Le Rite du guérisseur » (Josée Bérubé), « Les Gardiennes » (Geneviève Blouin) et « Besoin d'espace » (Marie Labrousse). J'ai moi-même écrit plusieurs nouvelles qui font partie du genre cozy, comme « Une autre façon d'être », « La Route des orsadoles » ou encore « Souvenirs de Luminescence ». Enfin, je pense à la bande dessinée *Hiver Nucléaire* de Cab (c'est une dystopie, mais c'est quand même très cozy) et au travail d'Isabelle Melançon, une autrice et illustratrice de grand talent, qui écrit et dessine beaucoup d'histoires de fantasy cozy, en anglais toutefois (@secondlina sur Instagram).

Si je résume la SFF cozy autrement, je dirais qu'elle aime embrasser le rythme du quotidien et en chérit toute la beauté. Vous aimerez peut-être vous glisser dans ses scènes lumineuses et enveloppantes : le parfum de roulés à la cannelle pétris et cuits avec amour par un rat timide qui chantonne en travaillant. Une marche dans la forêt avec un robot sauvage, les yeux posés sur la cime des arbres. Une jeune fille dont la magie fait pousser des plantes. Deux petits dragons à thé qui jouent dans des herbes dansantes. Deux hommes qui n'ont d'yeux que l'un pour l'autre et choisissent de mettre leur amour au service de celleux qui ont besoin d'aide. Un crâne qui abrite à nouveau la vie lorsque deux corbeaux s'y font un nid douillet. Et cette luminosité, ce réconfort ne sont un frein ni à la mise en place d'enjeux et d'histoires intéressant.es et complexes, ni à l'ambition des personnes qui les pensent et les écrivent.

Avis aux intéressé.es, la littérature francophone cozy n'attend que vous.

Bibliographie

Baldree, Travis. *Legends & Lattes*, Tor Books, 2022.

Banerjee Divakaruni, Chitra. *Mistress of Spices*, Doubleday, 1997.

Bayron, Kalynn. *This Poison Heart*, Bloomsbury YA, 2021.

Bérubé, Josée. *Le Rite du guérisseur, Solaris*, n° 225, hiver 2023.

Blouin, Geneviève. «Les Gardiennes», dans *Fantasy & féminismes : aux intersections du/des genre(s)*, ActuSF, 2023.

Cab, *Hiver Nucléaire,* Front Froid, 2014-2018.

Chambers, Becky. *Monk and Robot*, Tor Books, 2021-2022.

Chambers, Becky. *Wayfarers*, Hodder & Stoughton, 2014-2021.

Chalfoun, Célia. «Une autre façon d'être», *Solaris*, n° 230, printemps 2024 ; «La Route des orsadoles», *Galaxies*, n° 45, 2017 ; «Souvenirs de Luminescence», *Solaris*, n° 224, automne 2022.

Dabos, Christelle. *La Passe-miroir*, Gallimard Jeunesse, 2013-2019.

Harris, Joanne. *Chocolat*, Doubleday, 1999.

Hirsch, Alex (création, scénarisation), *Gravity Falls.* Disney, 2012-2016.

Kawaguchi, Toshikazu (traduction de Miyako Slocombe). *Tant que le café est encore chaud*, Albin Michel, 2022.

Klune, TJ. *The House in the Cerulean Sea*, Tor Books, 2020.

Kyogoku, Aya (réalisation). *Animal Crossing: New Horizons*, Nintendo, 2020.

Labrousse, Marie. « Besoin d'espace», *Solaris*, n° 230, printemps 2024.

Le Guin, Ursula K., *The Carrier Bag Theory of Fiction*, Ignota Books, 2020.

Lin, Judy I. *A Magic Steeped in Poison*, Feiwel & Friends, 2022.

Lord, Karen. *Redemption in Indigo*, Small Beer Press, 2010.

Mandanna, Sangu. *The Very Secret Society of Irregular Witches*, Berkley, 2022.

Melançon, Isabelle. Compte Instagram: @secondlina, www.instagram.com/secondlina.

Mochizuki, Mai (traduction d'Alice Hureau). *Le Café secret des nuits de pleine lune*, Nami, 2024.

Moreno-Garcia, Silvia. *Gods of Jade and Shadow*, Del Rey Books, 2019.

O'Neill, Kay. *The Tea Dragon Society*, Oni Press, 2017-2021.

Polk, C. L. *Witchmark*, Tor Books, 2018.

Pratchett, Terry. Œuvre complète.

Raud, Pascal. «Le Caméléon», *Solaris*, n° 202, printemps 2017.

Ray, Satyajit. *The Diary of a Space Traveller and Other Stories*, Puffin Books, 2017.

Schmidt Hissrich, Lauren (création). *The Witcher* (série télévisée adaptée des livres d'Andrzej Sapkowski), Netflix, 2019-.

Sharma, Iona Datt et Fabian, Katherine. *Sing for the Coming of the Longest Night*, autoédition, 2018.

Sokol, Su J. *Cycling to Asylum*, Deux Voiliers Publishing, 2014.

Tolkien, J.R.R. (traduction de D. Lauzon). *Le Hobbit*, Pocket Imaginaire, 2024.

Vuklisevic, Chris. *Du thé pour les fantômes*, Denoël, 2023.

Wells, Martha. *The Murderbot Diaries*, Tordotcom, 2017-2023.

Wynne Jones, Diana, *Howl's Moving Castle*, HarperCollins, 2023.

Célia Chalfoun est une autrice queer qui a publié ses nouvelles dans les pages de *Brins d'éternité*, *Solaris*, *Galaxies*, *La République du centaure* et *Les Écrits*. Elle a fait partie de la première sélection du Grand Prix de l'Imaginaire en 2018 avec sa nouvelle « La Route des orsadoles ». Dans ses textes, elle explore les multiples facettes du vivant, les choix qui transcendent les apparences, et les espaces d'entraide, de soutien, et de chaleur. Elle a raconté, entre autres, les histoires d'êtres musicaux qui sont aussi des arbres, et de fungi qui font le choix collectif d'évoluer pour rejoindre les étoiles.

Une tortue, des éléphants et l'espace

Marie Pelletier

« *As the cauldron bubbled an eldritch voice shrieked: 'When shall we three meet again?' There was a pause. Finally, another voice said, in far more ordinary tones: 'Well, I can do next Tuesday[1].'* »

Au début de ce millénaire, j'étais étudiant·e et, comme nombre de mes collègues, je ne savais pas trop si j'étais à ma place. Deux décennies plus tard, j'ai la réponse (j'exerce maintenant le métier pour lequel j'ai passé quatre ans de ma vie à l'université), mais le pied tout juste trempé dans la vingtaine, on doute beaucoup de soi et de ses capacités. Puisque mes études engageaient beaucoup de lectures obligatoires (tant pour les cours magistraux que pour les cours de littérature connexes), la lecture pour les loisirs était reléguée au second plan. Pis encore, un de mes professeurs de traduction (traduction littéraire, détail important) nous martelait le message que, et je paraphrase, « pour bien traduire, il faut d'abord lire, dans les deux langues, *de la bonne littérature* ». La jeunette que j'étais à ce moment avait déjà compris que, pour lui, de la *bonne* littérature, ce n'étaient pas les littératures de genre, à voir la liste des œuvres que nous allions nous mettre sous la dent pendant la session. À l'époque, j'étais surtout amatrice d'œuvres d'horreur fantastique et de fantasy (la science-fiction est venue peu de temps après). Devant cette invalidation de mes lectures privilégiées, ce refus de reconnaître que la validité d'une œuvre ne passe pas par l'avis d'un professeur dont les œillères étaient assez opaques, j'ai carrément cessé toute lecture d'agrément. Avec le recul, je regrette beaucoup d'avoir boudé le plaisir de lire pendant la majeure partie de mes études.

---

[1]Pratchett, Terry, *Wyrd Sisters*, Gorgi Books, 1989.
Traduction libre : *Alors que le chaudron bouillonnait, un cri strident et surnaturel se fit entendre : "Quand nous réunirons-nous maintenant toutes trois?" Une pause. Enfin, une autre voix répondit, sur un ton beaucoup plus ordinaire : « Ben, mardi, ça marcherait pour moi. »*

Arrive ma dernière année de bac et celui qui allait me redonner le goût d'aimer la lecture et de l'apprécier pour son côté récomfortant : Terry Pratchett et son Disquemonde (Discworld), dont les différents arcs narratifs se déroulent sur un monde en forme de disque (oui, oui, le monde est plat selon Pratchett. Avait-il prédit le mouvement platiste ?) qui repose sur le dos de quatre éléphants, qui eux-mêmes sont en équilibre sur le dos d'une tortue. Tortue qui, évidemment, est géante et flotte dans l'espace. C'était donc pendant le congé de Noël qui a précédé ma dernière session universitaire, en décembre 2002. Je ne me souviens pas de grand-chose sauf du verglas qui est tombé la veille de Noël, qui nous a obligés à crapahuter dans de la gadoue à moitié gelée pour nous rendre chez ma tante pour le réveillon. Juste avant que le service des postes ne prenne congé, un colis est arrivé chez mes parents. Parmi les friandises des fêtes et d'autres présents récomfortants se trouvait le premier tome de la série, *The Colour of Magic*, qui nous présente le Disquemonde et le premier personnage qui fera partie des habitués de l'œuvre, le mage Rincevent. Au fil des tomes, j'ai appris à connaître le capitaine Vimes, le rassemblement de sorcières dont fait partie la très, hum, colorée Granny Weatherwax et le personnage de la Mort, qui a sa propre série.

Comme ses homologues en science-fiction, Pratchett savait allier le banal avec l'extraordinaire et le fantastique, parlait habilement du quotidien sous le couvert de parler de la guilde des Gardiens ou d'un cercle de sorcières. Je retrouvais ses personnages comme on retrouve une vieille bande d'amis de longue date ou de vieilles tantes un peu trop loquaces dans une réunion de famille. Surtout, alors que ma dernière année d'étudiant·e en traduction s'achevait, ces personnages m'ont redonné envie d'aller à la bibliothèque et à la librairie pour chercher d'autres tomes (dans une ville encore majoritairement francophone à l'époque, ce n'était pas gagné d'avance). Ultimement, prendre un livre du Disquemonde, c'était me faire dire par l'auteur: « regarde, je sais que mes idées sont déjantées, mais suis-moi le temps de 300 pages ». L'anglais et l'humour britanniques à la Monty Python constituaient un défi de lecture pour moi qui lisais surtout en français. Je faisais partie d'un club sélect, d'une famille que je pouvais visiter quand le stress de la fin de session et l'anxiété de me trouver un travail par la suite me prenaient. Est-ce que tout est rose dans le Disquemonde ? Non. Pratchett sonde la nature humaine à travers ses créatures fantastiques et nous brosse un tableau de nous-mêmes qui incite à réfléchir (guerre, bureaucratie, traitement de la différence, etc.). Mais il le fait toujours en passant par le filtre de l'humour pince-sans-rire britannique caractéristique.

Le plus bel héritage de Pratchett pour moi ? La réconciliation avec la lecture, cette alliée depuis l'âge où j'ai appris à lire. Le sentiment de bonheur retrouvé à l'idée de commencer un roman, de passer de nombreuses soirées en sa compagnie et de rechercher les tomes suivants était un cadeau inespéré à la sortie d'études universitaires où, malheureusement, la « bonne » littérature excluait d'entrée de jeu les genres que je recherchais comme lecteurice. Cette validation de mes goûts littéraires s'est présentée sous la forme de sorciers et sorcières, d'un corps militaire digne de la maison qui rend fou d'Astérix, jusqu'à la Mort elle-même. La félicité d'avoir retrouvé une passion dont les feux ont été éteints par des professeurs un tantinet élitistes m'habite encore aujourd'hui.

*

Octobre 2023. Ça fait maintenant un mois que je sais que je dois vivre avec de la fatigue chronique. Qu'elle fera désormais partie de mon quotidien, pendant probablement des années. Commence le long combat : ne pas dépasser ses limites, gérer ses réserves d'énergie qui s'épuisent deux fois plus rapidement qu'à la normale, essayer de ne pas dormir 13 h par jour, essayer de « faire mes journées », comme on faisait ses nuits autrefois. J'ai déjà épuisé mes congés de maladie au travail, et arrêter à long terme avec un logement à payer n'est pas une option. De toute façon, j'ai un travail sédentaire, ça ne devrait pas être si difficile que ça, si ? *Ouf.* Je dormirais ma vie. Je dormirais le jour en plein soleil. Je dormirais en pleine fanfare. Quand je ne dors pas, je pense à dormir. Moi qui étais sportive et active avant, une promenade au dépanneur ou au café du coin me vident ma réserve au début de la journée. Les deuils à faire sont nombreux : quantités de sorties annulées, de possibilités de socialisation avortées. Je préfère ne rien promettre, parce que je ne sais pas de quoi demain aura l'air. *On verra ce que ça donnera demain* est une phrase que je m'entends dire presque tous les jours. Dans mon 4 et demie situé entre les raffineries et le fleuve Saint-Laurent, j'essaie de me créer un cocon de réconfort pour recharger les batteries au max avant une journée de travail. En font partie des piles de livres de bibliothèque et achetés et des projets laineux (tricot et broderie principalement). Puisque l'énergie de tricoter n'est pas encore au rendez-vous, les livres, eux, représentent une source de divertissement et d'apaisement relativement facile à exploiter. On se sent moins seul·e quand on peut discuter des livres qu'on vient de lire ou qu'on aimerait découvrir dans le cadre d'un club de lecture en ligne ou dans un forum de discussion Discord qui rassemble d'autres amateurices d'imaginaire. Surtout, c'est quelque chose que mes faibles niveaux d'énergie permettent encore.

Janvier 2024. Après un Noël brun, c'est l'arrivée des températures froides. Le mercure chute, et les flocons aussi. Mon téléphone hurle sa vie de plus en plus fort. Comme si ça allait changer quelque chose à la célérité avec laquelle j'allais éteindre le carillon infernal qui m'annonce qu'une nouvelle journée commence et, qu'idéalement, je dois me lever et être productif·ve. J'ai déjà dormi 10 h, mais j'en aurais pris encore au moins cinq. Mes membres sont de plomb et la seule idée de me lever pour aller aux toilettes m'épuise. Quelques rayons de soleil se rendent vers ma chambre via le couloir depuis le salon, qui donne sur le sud-est. Une autre journée ouvrable commence. « Travail sédentaire », la belle affaire. Non, je ne bâtis pas de maisons, je ne conduis pas de véhicule lourd, et je ne travaille pas à sauver des vies. J'ai le privilège de gagner ma vie à partir de mon logement, en pyjama et avec un chandail et des pantoufles de laine quand il fait froid. Sauf que le corps, l'habitacle, le costume d'employé·e, lui, ne suit pas.

Hop, un premier café. Janvier, le mois noir (avec le soleil qui se couche encore à 17 h malgré le passage du solstice, oui, c'est bien le bon mot), le mois mort. Tout tourne au ralenti au travail, et je ne fais pas exception. Vérification faite des courriels. Comme je m'y attendais : réunion d'équipe, avis sur les formations obligatoires à faire avant avril ; côté tâches, rien de bien urgent. Rien de bien énergisant, non plus. La journée est à peine commencée que l'air ambiant me pèse dessus comme une chape de plomb. Je prendrais bien un autre café, tiens. Ou une sieste de 3 h. Me lève, marche un peu dans le salon. Les secondes s'égrènent comme des heures. Sur fond d'une playlist de musique de café, j'avance tant bien que mal. À la pause du matin, j'avise ma pile de livres « à lire bientôt » sur ma table basse. *Du réconfort.* L'évasion. Peut-être même un moyen de rester éveillé·e jusqu'à la fin de l'après-midi.

La pause du dîner arrivée, je prends *Un thé avec les fantômes*. Il y a une histoire de sœurs, de théières qui prennent vie, de sorcières et de féérie. Accompagné d'une théière passablement moins animée, ce livre est exactement ce dont j'ai besoin. Mes batteries se rechargent peu à peu.

« ***Cozy (adjectif)***[2]

1a : qui profite de la chaleur et de la facilité ou qui en procure

[…]

Un chalet *cozy* près du lac

[…]

2 a : marqué par l'intimité procurée par la famille ou un groupe de proches

Nous avons pris un repas *cozy* avec toute la famille. »

La littérature de l'imaginaire *cozy* qui prend de l'expansion depuis les dernières années est intégralement réconfortante. Il peut s'agir de la couverture qui montre des personnages diversifiés à l'apparence bienveillante, des couleurs douces, des reliefs agréables au toucher ou encore de l'épaisseur du roman lui-même qui sert de gros câlin quand on en a vraiment besoin. Qu'est-ce qui distingue la littérature *cozy* des autres livres ? Après tout, la lecture, pour toute personne qui en est passionnée, offre un refuge contre le stress et les imprévus du monde réel. En principe, n'importe quel livre apprécié de la personne qui le tient peut soulager bien des maux. Quels sont donc les éléments distinctifs de ce nouveau courant ?

Après la vague des *cozy crimes* qui a déferlé sur le monde littéraire dans les dernières années[3] suivent leurs homologues dans l'imaginaire. En science-fiction, le côté humain l'emporte sur les space opéras aux péripéties rocambolesques, les histoires de *hard science fiction* où l'on emploie des faits scientifiques réels pour étayer le récit (ce qui donne une lecture pas toujours digeste pour certaines personnes), ou encore les histoires de premier contact où des questions parfois morales, parfois politiques et presque toujours philosophiques sous-tendent la diégèse. En fantasy, les personnages, au lieu de partir dans une quête homérienne remplir leur destinée immuable et aux vastes répercussions sur leur

---

[2] https://www.merriam-webster.com/dictionary/cozy Consulté le 26 octobre 2024. [traduction libre]

[3] https://revue.leslibraires.ca/articles/litterature-policiere/le-retour-en-force-des-cosy-crimes/

monde, de livrer des combats mythiques alliant magie et créatures propres au genre, doivent plutôt partir à la découverte d'eux-mêmes, aidés d'alliés qui vont devenir leurs amis au fil des péripéties ou dont l'amitié sera (gentiment) mise à l'épreuve. L'humour et les relations interpersonnelles ponctuent souvent le récit, et le lecteur peut aisément s'y identifier, contrairement, parfois, à des physiciens, astronautes ou autres explorateurs de l'espace dont le quotidien est si différent du nôtre qu'il est difficile de s'y attacher. J'ai deux cas de figure à citer : la littérature fantastique ou fantasy, représentée par la duologie de Travis Baldree, et la saga du vaisseau *Voyageur* de Becky Chambers.

Les légendes, les lattés et l'amitié

Travis Baldree a écrit jusqu'à présent deux œuvres qui me donnent un peu le même ressenti qu'en lisant Pratchett il y a deux décennies. *Légendes et lattés* met en scène une orque « à la retraite » nommée Viv qui décide, *as you do*, d'ouvrir un café dans un petit village qui n'a jamais entendu parler de café, ni de près ni de loin, avec une machine de faction gnomique. Au fil de la constitution de son entreprise, elle trouve de nombreux collaborateurs et lie des amitiés. Cependant, un élément sombre de son passé la guette et jette une ombre sur sa nouvelle vie. Dans le second tome, une préquelle en fait, *Sagas et sable d'os*, nous sommes projeté·es dans le passé pas si lointain de Viv. Cette dernière, ayant subi une blessure à la jambe après un rude combat, doit se reposer dans un village côtier où elle découvre, entre autres, les joies de la lecture, grâce à la libraire locale, qui rappelle un peu Granny Weatherwax par son vocabulaire… très coloré. Dans un cas comme dans l'autre, Viv peut compter sur la force d'une communauté pour mener à bien ses projets. Elle trouve de l'aide là où elle l'attend le moins. Elle fait des erreurs et en subit les conséquences. À travers ses yeux, nous savourons son café unique en son genre et les pâtisseries décadentes qui les accompagnent, dans une ambiance animée de café du vieux monde (avec musiciens !). Cette communauté, c'est Viv qui la tisse serrée en créant un lieu de rassemblement où tout le monde (peu importe sa race ou son appartenance au monde des Humains, des Orques, des Gnomes ou des Succubes) est le bienvenu. C'est aussi le théâtre d'événements moins joyeux (même en *cozy*, tout n'est pas 100 % rose), mais en général, on s'y sent bien et on y plongerait volontiers pour ne plus en sortir.

Dans *Sagas*, nous mettons les pieds dans une librairie qui a besoin d'amour, mais qui en donne déjà beaucoup : piles de livres à ne plus savoir qu'en faire, poussière, petit animal de compagnie qui y a élu domicile, et en prime, une libraire qui semble vous connaître mieux que vous-même, ce qui n'est pas sans rappeler la série de livres *cozy* traduits du Japon qui pullulent en ce moment (notamment, *La bibliothèque des rêves secrets* de Michiko Aoyama et *La librairie Morisaki* de Satoshi Yagisawa). Cette librairie est à la fois le pilier qui va sauver Viv d'une issue funeste et le personnage à secourir (elle ne paie pas de mine, à l'extérieur comme à l'intérieur, et les villageois et voyageurs qui transitent par la ville portuaire ne semblent pas être de grands lecteurs).

Ces deux histoires plaisent énormément au genre de personne que je suis, pour plusieurs raisons : je suis introverti·e et je tire mon énergie du silence, de la lecture et de la douceur. Ajoutons à cela du café et du temps passé entre ami·es proches et c'est le bonheur total. Les Allemands ont leur *gemütlichkeit*, les Danois ont leur *hygge*, et moi, j'ai de ces romans où « presque rien » ne se passe, mais ce n'est pas le plus important. La fantasy cosy met le personnage, ou, comme disait Élisabeth Vonarburg, la personne, à l'avant-plan. Dans la duologie de Viv, on suit sa quête personnelle : quête identitaire en tant qu'orque, quête de la recherche de sa place dans le monde, et en tant que personne valide devant les préjugés rattachés à sa race. Viv est beaucoup plus à l'aise en combat avec sa fidèle épée que dans une librairie, entre autres en raison de son imposante morphologie et parce qu'elle pense (à tort, bien évidemment) que les orques ne sont pas doués pour la lecture. Dans les deux romans, on assiste à la création d'une nouvelle communauté, dans le premier, et d'une librairie, dans le second. Les clients des deux établissements ont beau être des créatures que nous n'avons pas au Québec, le besoin d'appartenance et de filiation, ainsi que le besoin de socialiser et de partager sa culture, eux, restent universels.

Allons à l'opéra (spatial) réinventé

Becky Chambers et sa série des Voyageurs est l'homologue type côté science-fiction. Cette série campée dans le même univers, mais mettant en scène des personnages différents d'un tome à l'autre, expose les aventures et le contexte d'un monde « utopique-réaliste », dans le sens où certains problèmes de notre XXIe siècle n'existent plus, mais que d'autres enjeux liés à l'exploration spatiale et au contact avec des entités qui sont diamétralement opposées à soi se présentent. À titre d'exemple, dans le premier tome, on découvre les membres de l'équipage d'un vaisseau chargé d'une mission périlleuse, qui ont dû apprendre à travailler ensemble malgré ce qui les distingue, que ce soit le régime alimentaire, les habitudes de sommeil, voire le mode de communication et les concepts de genre et d'identité. On y rencontre une race dont le système de filiation et de parentalité est entièrement étranger à ce que nous, lecteurs, connaissons. Surtout, malgré ces différences notables, nous voyons des êtres qui font de leur mieux pour que règnent l'harmonie et la bonne entente à bord du vaisseau.

Parlons un peu de ce dernier. Le *Voyageur*, vaisseau dont la fonction première est de creuser des tunnels dans l'espace lointain, comprend une cuisine plus qu'exotique, un jardin botanique et des quartiers personnels aménagés pour le confort, puisque les voyages sont longs, le *Voyageur* entreprenant de très longs déplacements. On est témoin de l'aventure par le regard de Rosemary, embauchée à bord en tant que greffière. Elle découvre (et nous fait découvrir) un chef cuisinier, un pilote et des mécaniciens qui ne lui ressemblent en aucun point, sauf pour ce qui est du fil conducteur de tous les romans de Chambers : ce sont ces différences, et l'apprentissage d'autres façons d'être, qui font la force de chacun·e. Certes, il persiste des préjugés, des manques de connaissances, des incidents diplomatiques et des accidents, d'où mon qualificatif d'utopie « réaliste ». La communication et la rencontre de l'autre peuvent toujours être porteuses de malentendus et d'erreurs d'interprétation.

La grande force de la série, cependant : que l'on soit dans un vaisseau spatial, dans une station spatiale ou sur une planète inconnue, on y retrouve une *familiarité* avec ce que notre propre monde a de meilleur : les personnages remettent en question leurs préjugés, ils évoluent, ils apprennent de leurs erreurs et, comme les humains, comportent de multiples facettes et sont influencés par leur environnement et leur culture. Justement, la culture des nombreuses races que l'autrice a inventées est particulièrement détaillée et comporte juste assez d'éléments connus des lecteurices pour qu'on puisse s'y identifier. L'autrice nous montre, un peu comme *Star Trek* l'a fait avant elle, qu'il est possible d'aller au-delà de notre soif de biens matériels et d'accumulation de richesses, au-delà de notre nature méfiante et du jugement facile, au-delà de ce qui déclenche des guerres et des conflits depuis la nuit des temps. Il est en effet possible de s'affranchir de nos tendances belliqueuses et de tout simplement se parler, de découvrir l'autre, d'accepter les différences et même de les célébrer.

*

Septembre 2024. Je viens de fermer les pages de *Douze arpents* et de *Ce qui nous dévore*, de Marie-Hélène Sarrasin. Alors que la nature se prépare à se reposer pour l'hiver, je termine deux récits où la nature réussit toujours à reprendre ses droits. Comme elle, même si je perds des plumes parfois et que je dois me reposer pour revenir sous une autre forme, je perdure. Je continue d'échanger avec une communauté de lecteurices de l'imaginaire à propos de mes dernières découvertes livresques. J'ai adopté un nouvel art fibreux, le crochet. Après avoir rédigé ces lignes, je vais aller continuer de crocheter une énorme couverture, qui deviendra mon cocon pour la saison qui arrive. Je vais probablement entamer une lecture fantastique où les personnages principaux tiennent un salon de thé. Le *cozy*, ça peut être tout simplement ce qui nous change les idées, qui nous apporte un sentiment de bien-être pendant la lecture. Les auteurices de romans sur les chats l'ont bien compris ! Pour d'autres, ce peut être les histoires douces, où « il ne se passe pas grand-chose », qui se lisent comme coule une rivière tranquille.

Je dirais que les livres qui m'ont fait le plus de bien au fil des ans, ce sont ceux qui ont su créer un monde où j'aimerais volontiers m'évader et y rester, dont j'aimerais côtoyer le personnage principal et l'aider dans sa recherche et son acceptation de soi. J'aimerais, par exemple, que le café de la série *Tant que le café est encore chaud* de Toshikazu Kawaguchi existe pour pouvoir m'asseoir dans ce café hors du temps où il est possible de retourner dans le passé. L'ambiance feutrée, le calme et la sérénité qui y règnent invitent à la méditation. Quelle personne introvertie n'aimerait pas passer des heures en silence à lire, à regarder les autres clients et à boire du thé, sans obligations familiales, professionnelles ou personnelles à respecter ? En ce qui concerne l'orque Viv, il est difficile de ne pas souhaiter visiter le café nouvellement ouvert dans le premier cas, et la librairie dans le second. Du café, des pâtisseries alléchantes, des murs en pierre et des conversations dans le premier, et des livres en quête de lecteurs, suggérés par une libraire qui connaît mieux ses clients qu'eux-mêmes dans le second ? Vendu.

Octobre 2024. Après un automne relativement chaud, les températures saisonnières nous rappellent que la saison froide arrive. Quand les premiers flocons toucheront le sol, je serai prêt·e à hiberner. La fatigue est toujours présente, mais j'ai appris à ne pas pousser. Les livres, fidèles compagnons de mes soirées solitaires, m'accompagnent pendant que je prends des forces tranquillement.

Le thé est prêt.

Rien ne presse.

Né·e sur cette planète, mais convaincu·e d'avoir des origines extraterrestres, **Marie Pelletier** passe les 18 premières années de sa vie dans les Maritimes. Après avoir obtenu un baccalauréat en traduction et avoir exercé la profession pendant deux décennies, ielle explore maintenant le domaine littéraire. Après avoir révisé le scénario d'un film de science-fiction steampunk, ielle met à profit sa capacité de lire l'équivalent de 15 livres par mois et son obsession pour la littérature de l'imaginaire dans le comité de lecture de la nouvelle mouture de *Brins d'éternité*. Ses auteurices de prédilection du moment sont : Martine Desjardins, J.D. Kurtness, Myriam Vincent et Aki Shimazaki du côté québécois et canadien, et Haruki Murakami, Bora Chung, T. Kingfisher, Shirley Jackson et Nnedi Okorafor du côté étranger.

Douze arpents, Marie-Hélène Sarrasin, Tête première, 2023, 208 p.

MARIE PELLETIER

Ma rencontre avec ce coup de cœur inattendu commence un 12 août, journée où les livres québécois sont à l'honneur. Le libraire spécialisé en littératures de l'imaginaire d'une grande librairie généraliste fait de son mieux pour satisfaire la lecteurice assoiffé.e d'œuvres teintées de réalisme magique francophone que je n'ai pas lues encore. Le défi est de taille. Après trois ou quatre « déjà lu ! », le libraire, infatigable (vraiment, chapeau) me conduit vers le présentoir où trônent ses recommandations de l'heure. Aux côtés des titres d'Ariane Gélinas et de Ayavi Lake (tous excellents, au demeurant) figure un petit livre blanc et bleu à la couverture magnifique qui représente une maison ouvragée en papier. Dixit le libraire pour m'appâter : « C'est l'histoire d'une libraire [ma curiosité est piquée], qui déménage en campagne [je m'identifie immédiatement à ce projet] et qui rencontre sa voisine, une vieille dame qui vit littéralement enracinée dans son jardin. » « *Say no more*, je le prends! » C'est ainsi que j'ai fait mon choix pour la journée « J'achète un livre québécois » et que j'ai fait la rencontre de Marie-Hélène Sarrasin et de son conte fantastique.

Je dis « conte », parce qu'on bascule tout le long entre passé et présent, entre herboristerie ancestrale et modernité, entre le respect de la nature et du vivant et l'entité sans visage qui veut s'approprier le précieux héritage de la forêt et des villageois. Notre protagoniste, je disais, reçoit un héritage de sa grand-mère, à une condition : qu'elle s'en serve pour déménager en campagne dans une maison qui possède une riche histoire. En arrivant à Saint-Didace, Marine et ses enfants font la rencontre de Rose, qui ne semble pas beaucoup quitter son jardin. En fait, elle *est* son jardin. Toustes et chacun.e semblent accepter cet état de fait comme si ça allait de soi, comme s'il était normal d'être enracinée parmi les plantes et les fleurs. Rose est une force tranquille, une ode à ce qui dure. Et durer, il le faudra, car un projet immobilier en développement menace la quiétude des villageois.e et la pérennité de la nature.

Ce roman aurait pu tomber dans les écueils propres à la fois au conte pour adultes et aux récits engagés qui dénoncent l'inaction des justes et la mise à sac de la nature par des sociétés sans visage. Or, il n'en est rien. L'autrice dresse un adroit parallèle entre un événement passé semblable (la construction d'un chemin de fer) et le présent pour établir deux faits impitoyables : rien n'est jamais acquis et la nature finira toujours par reprendre ses droits. Comme dans tous les contes, il y a des péripéties et des méchants. Mais Rose, gardienne du savoir collectif du village, veille au grain.

*

***L'Empire ultime, tome 1 – Fils-des-Brumes*, Brandon Sanderson, Livre de poche, 2011, 928 p.**

FRÉDÉRICK BOULAY

Dans le premier tome de *Mistborn* (*Fils-des-Brumes* dans sa traduction française), écrit par Brandon Sanderson, on est plongé dans un pays sombre, l'Empire ultime, où tombe une pluie éternelle de cendres et où les plantes en bonne santé prennent des teintes fades de bruns. La nuit, un brouillard que plusieurs soupçonnent d'avoir des propriétés surnaturelles vient hanter les ruelles des cités. À la tête de cet Empire ultime, le Seigneur Maître, un dictateur sans scrupule sur lequel on en sait très peu, à part pour le fait qu'il soit immortel.

Dans ce paysage inquiétant, Vin, une jeune sans-abri, évolue difficilement. Depuis qu'elle est jeune, Vin a remarqué être en mesure de manipuler les émotions des autres, parfois, ce qui lui a souvent été utile. Ce don, elle n'en a jamais parlé à personne. Cependant, des rebelles vont se rendre compte de cette capacité et lui expliquer qu'elle est capable d'allomancie, une forme de magie qui permet à son corps de « brûler » certains métaux afin d'acquérir, un certain temps, des pouvoirs extraordinaires. Bien malgré elle, Vin devra suivre ce groupe de rebelles qui planifie de détrôner le Seigneur Maître. Son passé traumatique lui permet difficilement de leur faire confiance, même s'ils semblent bien moins abusifs que les personnes dont elle a précédemment croisé la route. Ils lui apprendront aussi à maîtriser l'allomancie, pour laquelle il est rapidement évident qu'elle a un talent naturel...

Je ne veux pas trop en révéler sur l'intrigue. Je vous propose donc ce résumé assez succinct pour vous permettre de découvrir ce monde captivant créé par Brandon Sanderson. Parlons-en, justement, de la création de monde, ou plutôt de *worldbuilding*. Pour ceux qui ne sont pas familièr.es avec le terme, le *worldbuilding* en littérature fait référence à tous les processus utilisés dans un texte pour mettre en place un univers distinct de celui dans lequel on vit. Il est important en littérature de l'imaginaire, et particulièrement en fantasy où, le plus souvent, on est plongé dans des univers assez distants du nôtre, où la nature fonctionne de manière bien différente. L'auteur se doit donc de présenter le fonctionnement de cet univers qu'il a créé aux lecteurices, et ce, de manière organique afin que le texte ne devienne pas trop didactique et qu'on ne se retrouve pas devant des blocs hermétiques d'information (couramment nommés « *infodump* »).

Sanderson est, pour moi, un exemple de *worldbuilder*. Même si le système de magie dans *Mistborn* est original et peut être complexe, on ne croule jamais sous une tonne d'informations difficiles à assimiler lors d'une première lecture. On reçoit l'information au compte-goutte. Le plus souvent, on comprend l'effet des métaux à travers des séquences d'action ou de combat, sans que cela brise le rythme de la scène. Sanderson *fait comprendre* à ses lecteurices au lieu de leur *expliquer*. Je précise : on va nous dire que le personnage brûle de l'acier et le montrer par la suite projeter des pièces de métal sur un adversaire ou bien utiliser un objet métallique pour sauter très haut. Les lecteurices comprennent que brûler de l'acier permet donc de repousser une source métallique. En vérité, c'est un peu plus compliqué, mais les lecteurices n'ont pas besoin de le savoir tout de suite pour suivre l'histoire !

Sanderson a aussi du talent pour peindre des personnages complexes. Ils prendront des décisions frustrantes, mais vous les connaîtrez si bien que vous comprendrez que c'était le seul choix qui avait du sens pour eux. Vous allez autant les adorer que les détester. Et même si on peut tomber dans certains lieux communs du côté de leurs personnalités parfois, ces clichés sont tout le temps utilisés à bon escient et ne représentent jamais une lâcheté.

Du côté de l'intrigue, les admirateurices de films à la *Ocean's Eleven* et de high fantasy vont être plus que servi.es. La majeure partie de l'histoire tourne autour de ce plan de la rébellion pour renverser l'Empire ultime. Plan qui comprend de l'infiltration, de la collecte d'informations, des vols, des combats, et j'en passe ! Mais que serait un plan de cette envergure sans quelques accrocs, comme des curieux obstinés, des meurtres accidentels, des changements de dernière minute, des revirements de situation, du mystère et un peu de romance ?

Bref, pour tout.e écrivain.e de fantasy et fans du genre, je ne peux que recommander la lecture des œuvres de Sanderson, et de commencer par la série *Mistborn*. Non seulement parce que c'est une leçon de *worldbuilding* en soi, mais parce que vous allez passer un excellent moment rempli d'émotions et de surprises avec Vin et ses compagnons bandits.

*

Le Problème à trois corps, Liu Cixin, Actes Sud, 2006, 432 p.

Pierre-Denis Noël

ATTENTION : L'auteur de cette chronique divulgue plusieurs éléments importants de l'histoire… Il y a des risques de *spoiler.*

Après l'écoute du premier épisode de la série du même nom produite par Netflix, je décidai de m'arrêter, car j'avais en tête qu'elle se basait sur un roman primé du Hugo. En effet, en 2015, cette œuvre de Liu Cixin fut récompensée du roman de l'année.

Le début du livre respecte bien les scènes de la série se déroulant durant les années 60 lors de la Révolution culturelle chinoise. Comme dans toute adaptation cinématographique, plusieurs éléments différent et je préfère toujours l'écrit, me laissant libre d'imaginer les personnages ainsi que les décors.

Dans ces 500 pages se déroule une aventure particulière. Pas que l'action soit enlevante, mais les réflexions imposées par l'auteur sont de loin l'élément ayant le plus retenu mon attention. Attention, ici je révèle un élément important de l'histoire… À la suite de la découverte, par Ye Wenjie, d'un moyen d'amplifier des centaines de millions de fois un signal radio à l'aide du soleil, il semble enfin possible de tenter un contact avec une civilisation extraterrestre ! C'est donc plus de 8 ans plus tard, par un soir comme les autres, qu'une réponse est reçue et que Ye Wenjie décide, par elle-même, d'engager l'humanité dans une confrontation intergalactique.

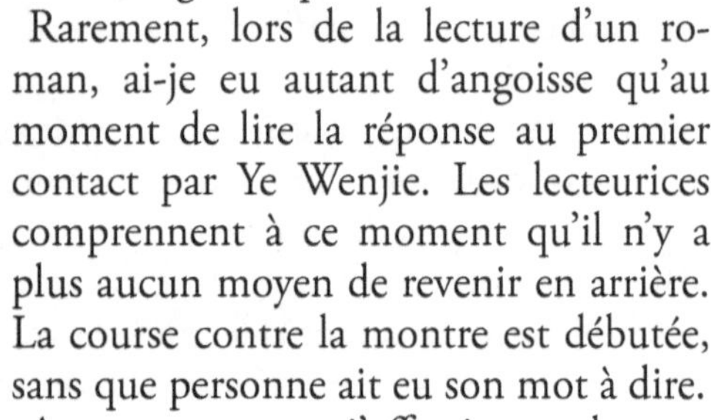

Rarement, lors de la lecture d'un roman, ai-je eu autant d'angoisse qu'au moment de lire la réponse au premier contact par Ye Wenjie. Les lecteurices comprennent à ce moment qu'il n'y a plus aucun moyen de revenir en arrière. La course contre la montre est débutée, sans que personne ait eu son mot à dire.

Autre aspect que j'affectionne dans ce roman : les descriptions scientifiques théoriques. Possédant moi-même un diplôme en physique, j'adore lire sur la vision qu'a un auteur quant à l'utilisation des théories pour parvenir à ses fins. Ici, nous sommes servi.es, car il s'agit ni plus ni moins d'une introduction à plusieurs concepts physiques, dont la complexité de prédiction du mouvement de 3 étoiles et d'une planète prise dans cette danse gravitationnelle. Aussi, vers la fin du roman, pour expliquer beaucoup des éléments intrigants de la première partie de l'histoire, nous sommes initié.es au concept étrange d'une entité, ici un proton, exprimé à la suite de son dépliage dimensionnel. Pas facile à comprendre, mais que serait la science-fiction sans un peu de… magie !

Je recommande donc cette œuvre à ceux qui préfèrent une histoire repoussant les limites de la science tout en restant dans une zone plausible.

*

Les Cantos d'Hypérion (Intégrale), Dan Simmons, Robert Laffont, 2013, 3275 p.

Joséane Toulouse

Il y a des œuvres dont on ne ressort jamais. C'est ce qui m'est arrivé à la lecture de la série intitulée *Les Cantos d'Hypérion*, de Dan Simmons, dont le premier tome est paru en 1989. Lorsque j'ai découvert cet univers dans ma jeune vingtaine, je n'avais jamais lu de science-fiction. Ce fut un véritable coup de cœur. Une œuvre qui a su me donner faim de littérature de l'imaginaire.

Les Cantos d'Hypérion, c'est quoi ? C'est quatre tomes, une cosmogonie ahurissante, des technologies hypersophistiquées dont la portée devient philosophique et des personnages plus grands que nature.

On y suit d'abord des voyageurs en route vers les Tombeaux du temps sur la planète Hypérion. C'est l'occasion, pour Simmons, de construire des récits individuels plus savoureux les uns que les autres. On y découvre un prêtre sacrifié, un soldat amoureux et une femme qui rajeunit, entre autres. En partageant leur histoire, les pèlerins en route vers le Gritche tentent de comprendre la raison de la présence de chacun dans cette quête. En fond de trame, nous découvrons le monde vaste et instable qu'est l'Hégémonie, un gouvernement qui régit des centaines de mondes de par l'espace.

Dans les deux derniers tomes, ce sont Endymion et Énée qui trônent en maîtres au centre de l'histoire. C'est précisément là que l'archétype du Sauveur, voire du Messie, entre en scène. J'ai été profondément touchée par la quête de connexion et le désir partagé d'Endymion et d'Énée de retrouver l'ancienne Terre.

Lorsque Dan Simmons écrit, c'est notre cœur qui se met à chanter. Je me souviendrai toute ma vie de la finale de cette grande œuvre qui ne connaît nulle pareil. Les larmes aux yeux, le livre plaqué contre le cœur, je ne pouvais pas croire à un apogée aussi puissant et éloquent.

Oui, il y a des œuvres dont on ne ressort jamais. Et cet état des choses me plaît beaucoup. Voilà près de deux décennies, j'ai lu

Les Cantos d'Hypérion, et certaines scènes demeurent gravées en moi. Je suis encore habitée par cette création qui réfléchit au Bien et au Mal et qui propose le Vide qui Lie, un espace où chacun est connecté, récupéré, comme si le passage de chaque individu dans cette vie ne pouvait être perdu. C'est profondément beau et signifiant.

À vous qui aimez lire, je vous le recommande chaleureusement. Persistez dans les longs moments de description, vous n'en serez que plus ravis !

*

Overcity, *Dave Côté, Les Six Brumes, 2024, 416 p.*

Marie d'Anjou

Overcity nous fait basculer dans l'inconscient collectif de Montréal. On suit d'abord le pompier Normand, avec son équipe de premiers répondants, à une soudaine multitude d'accidents de la route : des gens disparaissent au quart de tour sans raison apparente. Normand découvre, comme les Montréalais, qu'une ville alternative s'est formée et qu'on peut voyager là-bas, par « le haut », en s'y concentrant. Sitôt, des jeux de pouvoir s'instaurent.

Normand cherchera son amoureuse, Cindy, dans les dédales de cette ville hallucinée où tout arrive, le perpétuel *nightlife* comme le crime impuni. Ville d'abord sauvage qu'on tente de rendre sécuritaire comme un lieu touristique où l'argent coule. Francis, jeune homme ambitieux, voudra prendre sa part du gâteau et, pourquoi pas, tout le gâteau en jouant des coudes dans l'organisation despote d'Overcity. Avril, musicienne que personne jamais ne remarque, devient malgré elle un élément central dans les jeux d'image qu'Overcity impose à ses hôtes. Car, dans cette ville, on n'est pas vraiment soi-même ; on est l'image que les autres se font de nous.

Toute l'exploration du roman repose sur cette thématique. L'attrait d'Overcity force les curieux à modeler leur vie pour exister dans le regard des autres afin d'avoir une place dans cette ville alternative : Overcity se nourrit de l'inconscient des Montréalais. Le roman de Côté ne nous épargne rien d'étrange ni de perturbant. Overcity est de ces histoires qui recèlent de multiples compréhensions possibles. L'inconscient collectif, oui, mais aussi l'inconscient tout court avec le *ça*, le *moi* et surtout l'*égo* qui se cherchent et se bousculent dans cette ville comme on peut l'imaginer dans un cerveau.

Les personnages point de vue d'Overcity – Normand, Francis et Avril – deviennent vite une forme archétypale simplifiée dans ce monde parallèle. Cependant, Côté arrive avec sa plume et sa juste sensibilité à leur donner une complexité avec les profondeurs et les contradictions que cela exige. Leur viennent régulièrement des introspections en se revoyant tantôt à Montréal « normale », tantôt à Overcity où l'archétype en eux force toute sa place, à parfois leur faire peur.

Une incapacité à se passer du lieu, pour certains, peut devenir un autre axe de lecture d'Overcity : le rapport à la dépendance. Regret d'avoir agi ou choisi telle chose à Overcity, incapacité de ne pas y retourner encore, malgré le regard que l'on porte sur ce « moi » de là-bas. Rechute, dégoût de soi, euphorie d'y être, trip d'égo – littéralement.

De scènes gluantes dignes d'un *badtrip* à une tendresse si contrastante juste après, Overcity joue contre son image tape-à-l'œil avec tout autant de petite quotidienneté offrant la plus grande saveur de vivre. Un déni de soi pour vivre selon les autres, un refus aussi de vivre selon ce que les autres nous collent au dos. Il y a tout à Overcity et surtout son contraire, constamment rappelé. Une nuance du texte où plusieurs sens peuvent se glisser sur le premier. Il y a peu d'histoires qui manœuvrent si bien à plusieurs niveaux.

ARTISTE VISUEL

La couverture de ce numéro de *Brins d'éternité* a été réalisée par Matthieu Vasseux.

Designer graphique et illustrateur basé à Montréal, il aime donner vie à des images oniriques qui racontent des histoires captivantes. Passionné par l'art de la narration visuelle, il aime explorer les mondes imaginaires, mêlant couleurs et poésie dans ses créations.

 @ mattv.illustration